Edgar Wallace im Goldmann Verlag

<u>1922</u> wird der Goldmann Verlag in Leipzig gegründet.

<u>1926</u> veröffentlicht Goldmann die beiden ersten ins Deutsche übersetzten Kriminalromane des schon weltbekannten Edgar Wallace. Und nur ein Jahr später, nach der sensationellen Uraufführung von »Der Hexer« am Deutschen Theater in Berlin (Regie: Max Reinhardt), bricht das Wallace-Fieber aus. Goldmann hat damit eine neue Literaturgattung in Deutschland etabliert: den Kriminalroman.

<u>1932</u> stirbt Edgar Wallace in Hollywood. Als der Sarg nach England überführt wird, ist im Hafen von Southampton halbmast geflaggt und in Londons legendärer Zeitungsstraße, der Fleetstreet, läuten die Glocken: Großbritannien erweist seinem berühmten Sohn die letzte Ehre.

<u>1952</u> kommen die ersten Goldmann Taschenbücher auf den Markt. In der Reihe <u>Goldmann Rote Krimi</u> erscheinen im Laufe der nächsten drei Jahrzehnte sämtliche Kriminalromane von Edgar Wallace mit überwältigendem Erfolg. Über 40 Millionen Exemplare haben von 1926 bis heute ihre Leser gefunden. Und allein in Deutschland wurden 30 Kriminalromane von Edgar Wallace verfilmt.

<u>1982</u> erscheinen zum 50. Todestag alle 82 Kriminalromane in einer einmaligen Sonderausgabe und ein Edgar Wallace-Almana

Frankfurter Allgemeine
ZEITUNG FÜR DEUTSCHLAND

Dahinter steckt immer ein kluger Kopf

EDGAR WALLACE

Feuer im Schloß

THE COAT OF ARMS

Kriminalroman

Wilhelm Goldmann Verlag

Aus dem Englischen übertragen von
Ravi Ravendro

Herausgegeben von Friedrich A. Hofschuster

Gesamtauflage: 207 000

Made in Germany · 1/82 · 10. Auflage
© der deutschsprachigen Ausgabe 1932/1960 by Wilhelm Goldmann Verlag, München
Umschlagentwurf: Atelier Adolf & Angelika Bachmann, München
Umschlagfoto: Richard Canntown, Stuttgart
Druck: Mohndruck Graphische Betriebe GmbH, Gütersloh
Krimi 1063
Lektorat; Friedrich A. Hofschuster · Herstellung: Peter Sturm
ISBN 3-442-01063-2

I

Die häßlichen roten Backsteingebäude auf der Höhe von Sketchley Hill hießen offiziell ›Landesirrenanstalt‹, aber in der Gegend wurden sie allgemein ›das Asyl‹ genannt. Nur die ältesten Leute konnten sich noch daran erinnern, welch heftigen Widerstand die Bevölkerung seiner Errichtung entgegengesetzt hatte, aber die Beamten, die es anging, waren vernünftig und erklärten, daß Geisteskranke doch auch ein Anrecht darauf hätten, etwas von der Schönheit der Natur zu genießen, und daß dieser wunderbare Ausblick nach allen Seiten sicher wohltuend auf sie wirken würde.

Diese Auseinandersetzung hatte sich vor langer Zeit abgespielt, als der ›Alte‹ noch ein junger Mann war und mit düsterem Gesicht durch Wälder und Felder streifte und merkwürdige Pläne schmiedete. Aber schon bald fürchtete man, seine phantastischen Gedanken könnten sich gemeingefährlich auswirken, und so ließ man ihn von drei Ärzten untersuchen, die ihn die gleichgültigsten Dinge fragten – so kam es ihm wenigstens vor – und die ihn danach in geschlossenem Wagen in die Anstalt brachten.

Dort lebte er dann viele Jahre. Inzwischen rasten Kriege und Revolutionen über die Erde, wurden Könige von ihren Thronen verbannt und die leichten Kutschwagen von den Landstraßen, wo jetzt Autos in großen Staubwolken dahinsausten.

Manchmal fühlte der ›Alte‹ eine unstillbare Sehnsucht, aus den hohen roten Mauern herauszukommen, wieder unter normalen Menschen zu leben. Von seinem Fenster aus konnte er die Giebel von ›Arranways Hall‹ sehen. Seit vierundvierzig

Jahren schaute er nun immer durch dasselbe Fenster auf dieselben Giebel.

Aber eines Nachts konnte er es nicht mehr aushalten; die Sehnsucht nach den Wäldern und einem Leben in Freiheit wurde übermächtig in ihm. Er dachte an die Höhlen, an die Stellen im Wald, wo er als Junge unter den großen Farnen geträumt hatte, an den Steinbruch mit den senkrecht abfallenden Wänden und dem tiefen Teich davor. Leise stand er auf, kleidete sich an, verließ sein Zimmer und ging die Treppe hinunter. In der Hand trug er einen schweren Hammer, den er vor einiger Zeit gestohlen und seither versteckt hatte.

Unten in der Halle schlief der Wärter – der ›Alte‹ schlug ihn mit dem Hammer mehrmals auf den Kopf. Der Mann gab keinen Ton von sich. Der ›Alte‹ nahm den Schlüsselbund und schloß die Türen auf. Dann eilte er durch den Garten und war bald darauf durch das große Tor verschwunden. Mit seinem weißen, unordentlichen Bart sah er richtig unheimlich aus, als er in den frühen Morgenstunden kurz vor Sonnenaufgang durch die kühlen Wälder von Sketchley strich. Am Rande des Steinbruchs setzte er sich schließlich hin und versank in Träumereien, während er in das stille Wasser des Teichs tief unter sich starrte.

Mr. Lorney, der neue Wirt des Gasthauses in Sketchley, wollte sich nicht an der Verfolgung des Entsprungenen beteiligen. Er war ein großer, breitschultriger Mann mit kahlem Kopf und harten Zügen. Seine Stimme klang energisch, und er trieb sein Personal ständig zur Arbeit an. Bei der Jagd mitzumachen, hatte er keine Lust, soweit fühlte er sich für das Allgemeinwohl doch nicht mitverantwortlich.

Er wohnte erst seit kurzem in Sketchley und wurde deswegen von den Einheimischen mit einem gewissen Mißtrauen beobachtet, das er in gleichem Maße erwiderte. Er wettete dauernd, aber mit Verstand. Ab und zu fuhr er nach London, und selbstverständlich besuchte er alle Rennen in der Umgegend. Trotzdem konnte man nicht sagen, daß er sein Geschäft irgendwie über seiner Liebhaberei vernachlässigte. Von Anfang an hatte er sich vorgenommen, für besser gestellte Leute Wochenendappartements einzurichten. Deshalb baute er das etwas verfallene Haus um, das noch aus der Tudorzeit stammte. Auch den verwilderten Garten hatte er neu angelegt und die Fassade des Gasthauses frisch gestrichen.

Die Reporter, die nach Sketchley kamen, um über den geflüchteten Geisteskranken zu berichten, fanden bei Mr. Lorney ein bequemes und gutes Quartier. Obwohl sie wenig wirklich Neues entdeckten, von dem ›Alten‹ ganz zu schweigen, verfaßten sie die sensationellsten Artikel. Spaltenlang beschrieben sie die aufregenden Streifen durch die Wälder und die geheimnisvollen Höhlen, die noch niemand genau untersucht hatte. Von den Landleuten ließen sie sich allerhand Geschichten über den ›Alten‹ erzählen; außerdem war auch noch über den toten Wärter zu berichten, dessen geheimnisvolle Vorahnung seines Todes jetzt von seinen Freunden bestätigt wurde und dessen Begräbnis viel Stoff zum Schreiben lieferte.

Aber nach einer Weile, als von dem ›Alten‹ immer noch keine Spur zu entdecken war, versiegte das Interesse der Öffentlichkeit, und die Furcht der Leute in den umliegenden Dörfern schlief ein.

»Je eher die Sache vergessen wird, desto besser«, meinte John Lorney. »Für uns ist der Fremdenverkehr von größtem Interesse. Wenn die Gäste immer an den ›Alten‹ mit dem Hammer erinnert werden, bekommen wir eine schlechte Saison.«

Man nahm an, daß der ›Alte‹ tot sei oder sich in eine andere Gegend verzogen habe.

Aber dann tauchte der ›Alte‹ plötzlich doch wieder auf. Man sah ihn in derselben Nacht, als in ›Tinsden House‹ silbernes

Geschirr im Wert von etwa tausend Pfund gestohlen wurde. Ein Arbeiter, dessen Frau krank war, ging auf der Straße auf und ab und erwartete die Ankunft des Arztes. Plötzlich sah er, daß sich eine Gestalt aus dem Schatten einer Hecke löste, über die Straße rannte und in der nahen Schonung verschwand. Im Mondlicht erkannte er den weißen Bart des ›Alten‹. Als der Doktor ankam, hatte er zwei Patienten zu versorgen.

Die Bewohner von Sketchley fingen wieder an, alles zu verriegeln, und niemand traute sich nachts allein auf die Straße.

Aus Guildford und sogar von Scotland Yard wurden Kriminalbeamte nach Sketchley geschickt, und der Polizeidirektor hielt eine Konferenz ab.

Während sich noch alle Leute über den ersten Einbruch den Kopf zerbrachen, wurde in einem nahegelegenen Schloß ein zweiter verübt. Diesmal sah der Chauffeur des Postautos, das von Guildford nach London fuhr, einen weißhaarigen Mann in abgetragenen Sachen auf der Landstraße entlangwandern.

Chefinspektor Collett kam von London und ließ sich die Personalakten des Geisteskranken zeigen, aber er konnte keinen Anhaltspunkt finden, der ihm half, das Geheimnis aufzuklären.

»Entweder muß er ein erstklassiger Einbrecher gewesen sein, als er noch jung war«, sagte er kopfschüttelnd, »oder er hat das alles in der Anstalt gelernt. Das wäre nicht das erste Mal. Ich kann mich ganz genau auf so einen Fall besinnen . . .«

Der dritte Einbruch geschah in ›Arranways Hall‹. Lord Arranways hörte mitten in der Nacht ein Geräusch, ging in das Schlafzimmer seiner jungen Frau und weckte sie.

»Wenn ich mich nicht irre, ist unten ein Fenster eingedrückt worden«, sagte er leise. »Ich gehe einmal hinunter und schaue mich um.«

»Warum verständigst du nicht jemanden vom Personal?« fragte sie ängstlich, stand auf, schlüpfte in ihren Morgenrock und folgte ihm durch den dunklen Gang die breite Treppe hinunter. Er flüsterte ihr zu, daß sie oben bleiben solle, aber sie schüttelte nur den Kopf. Vorsichtig ging er durch die stille Eingangshalle und öffnete die Tür zur Bibliothek. Im gleichen Augenblick sprang jemand aus dem Schatten und war deutlich in der offenen Glastür zu erkennen. Der Lord riß den Revolver hoch und drückte ab. Gleich darauf hörte man, daß Glas splitterte.

»Warum hast du das getan?« fragte er ärgerlich.

Als er die Waffe hob, hatte sie seinen Arm in die Höhe geschlagen, so daß der Schuß in den Kristalleuchter ging und Scherben von der Decke fielen.

»Warum wolltest du auf den alten Mann schießen? Hast du nicht seine weißen Haare gesehen?«

Der Lord hatte ein reizbares, jähzorniges Wesen. Er war zum zweitenmal verheiratet. Das Verhalten seiner zweiten und sehr jungen Frau regte ihn manchmal auf.

»Der Kerl war wahrscheinlich schwer bewaffnet«, brummte er. »Du hast dich verrückt benommen!«

Sie lächelte und ging zu der offenen Tür, die auf die Terrasse führte. Nirgends war etwas von dem alten Mann zu sehen. Hastig angekleidete Diener eilten die Treppe herunter, und alle Räume im Erdgeschoß wurden durchsucht. Es stellte sich heraus, daß einer der zwei goldenen Becher, die Charles I. dem siebenten Grafen von Arranways geschenkt hatte, verschwunden war.

Eddie Arranways lief eine Woche lang mit düsterem Gesicht herum und war seiner Frau böse.

Der ›Alte‹ war wieder das Gespräch des Tages.

2

Carl Rennett, ein ehemaliger Beamter der Kriminalpolizei von New York, las in der Zeitung von diesen Vorfällen. Er war gerade von einer fruchtlosen Verfolgung zurückgekehrt, die ihn um die halbe Erdkugel geführt hatte. Eingehend studierte er alle Berichte und Einzelheiten über die Einbrüche, packte dann seine Koffer und fuhr nach England. An demselben Tag, da er in Southampton ankam, gewann Mr. Lorney fünfzigtausend Pfund auf der Rennbahn.

Rennett begab sich sofort zu Scotland Yard und zeigte Chefinspektor Collett seine Beglaubigungsschreiben und den Empfehlungsbrief, den er von seiner vorgesetzten Behörde in New York mitbekommen hatte. Collett hörte interessiert zu, während der Amerikaner erklärte, warum er nach England gekommen war.

»Wir werden Ihnen helfen, soviel wir nur können, aber Sie wissen ja selbst, daß Scotland Yard außerhalb Londons nichts zu sagen hat. Die ganze Angelegenheit befindet sich mehr oder weniger in den Händen der lokalen Polizeibehörde. Man nimmt an – und wir sind eigentlich derselben Meinung –, daß der ›Alte‹ seine Kenntnisse von einem Mitinsassen des Irrenhauses hat. Soweit wir die Akten kennen, hat er früher keine Verbrechen begangen. Zweifellos trägt er alle gestohlenen Sachen irgendwo zusammen, um sie dort einfach zu horten. Das war von jeher eine seiner hervorstechendsten Charaktereigenschaften. Wir haben uns sofort mit allen Juwelieren in Verbindung gesetzt, aber bis jetzt ist nicht ein einziges der gestohlenen Stücke wieder auf dem Markt erschienen. Wahrscheinlich stiehlt er nur, um zu stehlen, und sicher werden wir eines schönen Tages alle gestohlenen Dinge unangetastet an einer Stelle aufgestapelt finden.«

»Wo hält er sich denn normalerweise auf?«

Collett lächelte und zuckte die Achseln.

»Das war allerdings eine etwas alberne Frage«, gab Rennett sofort zu. »Aber vermutlich hat er doch in einer der Höhlen sein Versteck.«

»Die Höhlen sind nie restlos durchsucht worden. An manchen Stellen ziehen sie sich kilometerweit hin. Wenn der ›Alte‹ sterben sollte, was ja nicht mehr lange dauern kann, dann werden wir wahrscheinlich nichts finden. Andererseits ist es möglich, daß er etwas Außergewöhnliches unternimmt und wir ihn auf diese Weise fangen. Die ganze Gegend dort ist in Unruhe.«

Collett sah den Amerikaner prüfend an. »Sie sind doch eine Autorität auf dem Gebiet des Einbruchs, nicht wahr?«

»Ja, das ist meine Spezialität«, entgegnete Rennett ruhig. »Ich habe sogar ein Buch darüber geschrieben.«

Noch am selben Nachmittag fuhr er nach Sketchley, und während der Fahrt dachte er dauernd an Billy Radley, der sich gegenwärtig in der Umgebung von Guildford aufhalten sollte. Aber würde er auch dessen gerissenen Partner dort finden?

Lord Arranways war in seiner ersten Ehe nicht glücklich gewesen. Sie hatte mit einem schrillen Mißklang geendet, als er noch Gouverneur von Nordindien war.

Die Beamten des englischen Geheimdienstes sind sehr tüchtig und oft in der Lage, irgend etwas Unangenehmes wieder zurechtzubiegen, aber in diesem Fall fanden sie es doch schwierig, wenigstens eine passende Erklärung abzugeben. Eines Morgens wurde nämlich ein hübscher junger Offizier mit einem Schulterschuß im Garten des Gouverneurs gefunden, während Lady Arranways im Negligé ins Haus des Militärattachés geflohen war, wo sie in Weinkrämpfe ausbrach und sich weigerte, wieder in das Haus ihres Mannes zurückzukehren. Der Lord mußte daraufhin von seinem Posten zurücktreten, und es kam zur Scheidung. Aber schon kurze Zeit nach diesem Zwischenfall traf Eddie Arranways ein schönes junges Mädchen aus Kanada und heiratete es bald darauf.

Er war ein großer, stattlicher Mann, der äußerst attraktiv auf Frauen wirkte. Auch Mary Mayford war von seiner Persönlichkeit und seiner äußeren Erscheinung gefesselt, aber sie empfand gleichzeitig Furcht vor ihm, als sie von dem tragischen Ende seiner ersten Ehe hörte. Die Schattenseiten seines Charakters erkannte sie schon, als die Flitterwochen kaum vorüber waren. Argwöhnisch und verbittert, wie ihn der Ausgang seiner ersten Ehe gemacht hatte, überhäufte er Mary manchmal mit den sinnlosesten Vorwürfen. Dauernd fragte er sie, wo und mit wem sie in seiner Abwesenheit zusammen gewesen war. Er begab sich auf eine längere Reise, ließ sie aber zu Hause und kehrte schon am nächsten Morgen völlig unerwartet wieder zurück. Seine selbstgerechte und egoistische Art wirkte abstoßend auf sie, und wenn er, wie öfters, sagte: »Du mußt schon verstehen, daß ich so bin, ich habe eben in meiner ersten Ehe zuviel durchgemacht, als die Frau, der ich so vollkommen vertraute...«, dann hatte sie das Gefühl, platzen zu müssen.

»Mir ist deine erste Ehe völlig egal!« schrie sie ihn einmal an. »Wenn ich aber deine erste Frau einmal treffen und die Sache mit ihr besprechen würde, so bin ich sicher, daß sich die Geschichte ganz anders anhört, als du sie hier darzustellen beliebst!«

Natürlich war er beleidigt und machte die nächsten Tage keine Anstrengungen, seine schlechte Laune zu verbergen.

Sogar Dick Mayford wurde nach Arranways eingeladen, um die Gegensätze zu überbrücken.

»Sie ist so unvernünftig!« beklagte sich der Lord. »Du weißt doch, was ich in Indien durchgemacht habe – natürlich lassen solche Erlebnisse ihre Narben zurück. Es wird noch Jahre dauern, bevor ich darüber hinwegkomme.«

Eddie ließ sich von seinem Schwager manches sagen, was er

sich von einem anderen verbeten hätte, und so kam es tatsächlich zu einer Versöhnung zwischen ihm und seiner Frau. Er schenkte Mary ein kostbares Feuerzeug, das ihr Monogramm in Brillanten trug, und sie war gerührt von seiner offensichtlichen Reue.

Als aber Lord Arranways zwei Monate später nach Washington reisen mußte, erfuhr sie durch ihr Mädchen, daß er Detektive zu ihrer Überwachung engagiert hatte.

Dick Mayford mußte wieder Frieden stiften.

Er schlug eine Erholungsreise nach Ägypten vor, und Eddie benahm sich während des größten Teils der Fahrt wirklich einwandfrei. Die guten alten Beziehungen zwischen ihm und Mary schienen wiederhergestellt zu sein.

Bei einem Rennen in Kairo traf der Lord einen sympathischen jungen Mann, der sich als Keith Keller vorstellte und der Sohn eines reichen australischen Großgrundbesitzers war. Keith hatte englische Schulen besucht, benahm sich entsprechend korrekt, war immer äußerst elegant gekleidet, schien ein guter Sportler zu sein und behandelte den Lord mit der größten Zuvorkommenheit. Für Mary schien er sich kaum zu interessieren. Ständig war er in Gesellschaft des Lords zu sehen, und eines Tages erzählte er Eddie sogar von einer jungen Australierin, mit der er sich nach seiner Europareise verloben wollte. Daß er sehr genau über Lord Arranways' Verhältnisse Bescheid wußte, ahnte dieser nicht.

Den fast dreihundert Seiten langen Bericht, den Lord Arranways über die verschiedenen Arten des Grundbesitzes in Indien geschrieben hatte, las Mr. Keller von Anfang bis Ende durch und unterhielt sich anschließend äußerst angeregt mit dem Autor darüber. Nach einer Weile ertappte sich der Lord dabei, wie er dem jungen Mann die Geschichte seiner ersten Ehe in allen Einzelheiten erzählte. Natürlich gab Mr. Keller ihm völlig recht und sicherte sich dadurch die Sympathie des Lords.

Diese neue Freundschaft amüsierte Dick Mayford und erregte das lebhafte, wenn auch verheimlichte Interesse von Lady Arranways.

Eines Abends bat Lord Arranways Mr. Keller, seine junge Frau nach einer Opernaufführung zurück ins Hotel zu begleiten. Er selbst hatte einen Kriegskameraden getroffen und wollte mit ihm noch ein wenig im Klub in alten Erinnerungen schwelgen.

Mr. Keller brachte Lady Arranways im Wagen nach Hause. Während der Fahrt lag seine eine Hand am Volant, die andere in der ihren. Sie schien nichts dagegen zu haben. Auch als er sie küßte, bevor sie das Hotel erreichten, wehrte sie sich nicht. Er begleitete sie hinauf in ihr Appartement, blieb aber nicht lange. Als er sich verabschiedete, küßte er sie leidenschaftlich.

Der Lord, seine Frau und ihr Bruder reisten in Etappen in die Heimat zurück. Mr. Keller blieb in ihrer Gesellschaft. Die schönsten Tage des Frühlings erlebten sie in Rom. Weitere Stationen waren Venedig, das romantische Salzburg und Wien.

Als Mary eines Nachmittags das ›Bristol‹ in Wien verließ, sah sie einen Herrn auf dem Bürgersteig gegenüber dem Hotel. Er war groß, neigte etwas zur Korpulenz und trug eine dunkle Hornbrille. Zuerst bemerkte sie ihn nur flüchtig, als sie ihn jedoch kurze Zeit darauf noch einmal erblickte, machte sie ihren Bruder, der sie begleitete, auf ihn aufmerksam.

»Der sieht ganz wie ein Amerikaner aus«, sagte sie.

»Wie soll denn ein Amerikaner eigentlich aussehen?« erwiderte Dick leichthin, fügte aber ernster werdend hinzu: »Wie lange bleibt eigentlich dieser Keller noch bei uns?«

»Wieso?«

»Hat er sich etwa selbst eingeladen?«

Sie zuckte die Schultern.

»Eddie hat ihn gern, und er ist doch wirklich amüsant – oder findest du nicht?«

Dann wechselte sie das Thema. »Stell Dir vor, ich habe

heute einen Brief von den Pursons bekommen. Sie schreiben nur über den ›Alten‹.«

Dick runzelte die Stirn. Den Geisteskranken hatte er vollständig vergessen.

»Kannst du dich noch auf den Kriminalbeamten besinnen, der damals nach Arranways kam?« fragte sie unvermittelt. »Er hieß doch Collett, nicht wahr?«

Dick nickte.

»Er nahm doch an, daß der ›Alte‹ etwas ganz Verrücktes tun würde?«

Er bejahte.

»Er hat es schon getan. Das ganze Silberzeug, das den Pursons gestohlen wurde, ist wieder zurückgebracht worden. Als der Diener eines Morgens in die Eingangshalle kam, entdeckte er, daß ein Fenster von außen gewaltsam geöffnet worden war. Und auf dem großen Tisch in der Mitte war alles gestohlene Silber ordentlich wieder aufgebaut. Irgend jemand soll auch den ›Alten‹ beobachtet haben, wie er in der Nacht vorher am Waldsaum entlangschlich und einen schweren Koffer schleppte. Das ist wirklich das Sonderbarste, was seit langem bei uns passiert ist! Ich hoffe nur, daß er auch den goldenen Becher nach Schloß Arranways zurückbringt. Eddie kann das einfach nicht vergessen und fängt immer wieder davon an.«

»Kommt Keller mit uns nach England?«

Sie wandte sich halb um und sah ihren Bruder groß an.

»Warum fragst du?« Ihre Stimme hatte einen eisigen Ton und ihre schönen Augen einen harten Ausdruck.

»Ach, es interessiert mich nur.«

»Warum sprichst du denn nicht mit ihm selbst darüber? Ich kann doch nicht wissen, was er vorhat. Um Himmels willen, laß doch diesen Unsinn. Eddie quält mich schon genug.«

»Wo warst du gestern nachmittag?« Dick ließ sich nicht so schnell von etwas abbringen, und schon gar nicht von einem Verdacht. »Du bist doch mit Keller ausgegangen.«

»Ja – und der Chauffeur war auch dabei. Wir sind zu einem Restaurant im Wienerwald gefahren. Den Namen habe ich vergessen. Eddie wußte übrigens, daß wir diesen Ausflug machen wollten, er hat ihn sogar selbst vorgeschlagen, und wir haben ihn auch dort getroffen.«

Dick nickte.

»Ja, um halb fünf wart ihr verabredet. Ich habe gehört, wie er es dir sagte. Aber du bist doch schon kurz nach eins vom Hotel fortgefahren, und in einer knappen halben Stunde kann man hinkommen.«

Sie seufzte ungeduldig.

»Wir fuhren durch den Prater. Irgendwo haben wir Kaffee getrunken. Dann haben wir uns noch Schönbrunn angesehen. – Hast du noch mehr Fragen? Der Chauffeur war doch die ganze Zeit dabei.«

»Das stimmt nicht. Den habt ihr im Prater zurückgelassen und zwei Stunden später wieder dort abgeholt«, erklärte Dick ruhig. »Mach nicht so ein beleidigtes Gesicht, meine Liebe. Ich wollte dir nicht nachspionieren, ich war nur zufällig mit einem Herrn von der amerikanischen Gesandtschaft im Prater und sah, wie ihr den Chauffeur absetztet. – Mary, laß doch die Dummheiten!«

Sie antwortete nicht.

Mit Eddie war in Wien schwer auszukommen, und in Berlin benahm er sich ebenso unfreundlich – gegen alle außer Keith Keller.

Seine schlechte Laune riß überhaupt nicht ab, wenn man auch zugeben mußte, daß sie immer wieder neue Nahrung erhielt. In Berlin verlor Mary nämlich ein Brillantarmband, das sie zur Hochzeit bekommen hatte. Sie war im Theater gewesen, hatte nachher im ›Eden‹ zu Abend gegessen und getanzt und war gegen ein Uhr ins ›Adlon‹ zurückgekehrt. Das Armband hatte sie zusammen mit ihrem anderen Schmuck auf ihren Frisiertisch gelegt, und am Morgen war es verschwunden. Das Fenster war oben offen, die Tür verschlossen, und Mary hatte, wie Eddie wußte, einen leichten Schlaf.

Drei Kriminalbeamte durchsuchten das Zimmer eingehend. In dem Raum selbst ließen sich keine Anhaltspunkte dafür finden, daß jemand von außen durch das Fenster eingedrungen war. Die einzige Möglichkeit bestand darin, daß der Dieb durch das Badezimmer gekommen war, dessen Fenster auf einen Lichtschacht ging.

Der Lord machte seinem Ärger Luft: »Ich kann es einfach nicht verstehen. Wie kannst du so leichtsinnig sein! Du kannst das Armband doch unmöglich mehr angehabt haben, als du dein Zimmer betratest. Und warum sollte der Verbrecher nur das Armband nehmen und alle anderen Schmucksachen liegenlassen?«

»Das weiß ich auch nicht. Frag doch die Polizei!« Sie war blaß und auch nicht in der besten Stimmung. »Ich kann nicht beschwören, daß ich das Armband in meinem Zimmer abgenommen habe. Vielleicht hab' ich es auch im ›Eden‹ verloren.«

So ging es die ganze Zeit, während sie sich in Berlin aufhielten.

An dem Morgen, wo sie Berlin verließen, bestellte Mary Blumen für die Frau des englischen Gesandten und schlenderte nachher noch ein bißchen durch die Straßen. Sie hatte nur den Wunsch, allein zu sein.

Plötzlich fiel ihr Blick auf einen Herrn, den sie sofort wiedererkannte. Es war der große, etwas korpulente Amerikaner, den sie schon in Wien beobachtet hatte. Er trug denselben alten braunen Anzug und schien tief in Gedanken versunken zu sein. Mary machte halt, ließ ihn vorübergehen und wandte sich dann zur anderen Seite, um in ihr Hotel zurückzukehren. An einer Straßenecke sah sie über die Schulter zurück und entdeckte, daß er ihr in nicht allzu großem Abstand folgte.

Sie sprach mit ihrem Bruder darüber, aber ihre Worte machten auf Dick keinen besonderen Eindruck.

»Es gibt überall Amerikaner«, erwiderte er gleichmütig. »Übrigens hat Eddie eine neue Theorie bezüglich deines Armbands.«

»Und ich habe einige Theorien bezüglich Eddies, die wahrscheinlich nicht so neu sind, wie sie sein sollten«, entgegnete sie kurz und schnippisch.

Beim Abendessen brachte Eddie das Gespräch wieder auf das verlorene Schmuckstück.

»Erinnerst du dich, wo du nach dem Abschließen der Tür die Schlüssel aufgehoben hast?«

»Eddie, du machst mich noch verrückt mit deiner Hartnäckigkeit! Bitte, laß mich jetzt mit diesem Unglücksarmband in Ruhe, sonst garantiere ich für nichts mehr!«

Eddie sprach erst wieder mit ihr, als sie in England ankamen.

3

Keith Keller hatte keine weiteren Pläne, wie er Lord Arranways erklärte. Bis zur Ankunft seiner Braut, die jetzt bald nach England kommen sollte, da die Hochzeit hier stattfinden würde – »Sie sind natürlich unsere Gäste bei der Trauung und dem anschließenden Essen«, versäumte er nicht einzuflechten –, würde er London besichtigen und inzwischen in einem Hotel wohnen. Aber davon wollte der Lord nichts hören.

»Mein lieber Junge, das wäre doch wirklich nicht sehr gastfreundlich, wenn ich Sie nicht auf ein paar Wochen nach ›Arranways Hall‹ einladen würde«, meinte er großartig. »Dann werde ich Ihnen einmal den Plan für die Eisenbahn zeigen, den ich seinerzeit dem Vizekönig von Indien vorgelegt habe. Wenn er durchgeführt worden wäre...«

Mr. Keller hörte andächtig zu.

Bald nach ihrer Ankunft in ›Arranways Hall‹ ging Dick zum Gasthaus hinunter, um seine alte Bekanntschaft mit dem Wirt zu erneuern. Er war erstaunt, wie sehr sich das Gebäude zu seinem Vorteil verändert hatte.

»Das sieht ja mehr wie ein Kurhotel aus«, zog er den Wirt auf.

John Lorney lächelte zufrieden.

»Wir haben auch wirklich gute Gäste hier, obwohl der ›Alte‹ wieder in der Gegend ist.«

»Hat man ihn denn noch nicht gefangen?«

»Ach, keine Spur, und ich glaube, das bringt auch niemand fertig.«

Er sah sich in der Gaststube um und sprach dann leise weiter.

»Meiner Meinung nach gibt es überhaupt keinen ›Alten‹. Dieser Einbrecher bringt die gestohlenen Sachen aus einem Grund zurück, den wir nicht verstehen. Er muß ein Mann sein, der hier in der Gegend wohnt oder gewohnt hat und alle Wege genau kennt. Dreimal hat er schon versucht, hier im Gasthaus einzubrechen, wenigstens ist er dreimal draußen auf dem Rasen gesehen worden. Und sicher hat er nicht die Absicht gehabt, ein Zimmer zu mieten.«

»Wann hat man ihn denn zuletzt gesehen?«

»Seit Ihrer Abreise ist er nicht mehr bemerkt worden.«

Dick starrte ihn an.

»Hat er denn den Pursons nicht die gestohlenen Sachen zurückgebracht?«

Lorney bejahte.

»Das war in der Nacht vor Ihrer Abfahrt.«

»Aber meine Schwester hat doch einen Brief bekommen, und zwar in Ägypten, in dem die Pursons ihr schrieben, daß der ›Alte‹ die Silbersachen wieder zurückgebracht hat?«

»Nun, Briefe nach Ägypten sind ziemlich lange unterwegs. Nach Ihrer Abreise hat er sich jedenfalls nicht mehr blicken lassen.« Der Wirt nahm ein Tuch und fuhr damit über den schon spiegelblanken Schanktisch.

»Es ist ein junger Mann mit Ihnen zurückgekommen, den ich früher nicht hier gesehen habe«, meinte er.

»Ach, Sie meinen Mr. Keller?«

»Er sieht gut aus. Ich sah ihn, wie er mit Mylady heute morgen nach Hadley fuhr.«

»Ja, das ist Mr. Keller«, stimmte Dick zu.

»Diese Geschichten von dem ›Alten‹ fallen einem wirklich auf die Nerven. Man kann hier Personal kaum länger als eine Woche halten«, beklagte sich Lorney. »Die Leute fürchten sich ja zu Tode.«

In dem Augenblick kam eine kräftige Frau durch die Gaststube. Sie hatte Eimer und Besen in der Hand und nickte Dick freundlich zu.

»Na, das ist doch aber eine Kraft, die Sie noch nicht verloren haben?« erkundigte sich Dick.

»Ja, die bleibt mir.« Der Wirt lachte.

»Was ist sie denn eigentlich?«

»Putzfrau, aber sie muß auch sonst noch allerhand tun. Ich ärgere mich oft über sie, und manchmal kündige ich ihr zweimal in der Woche. Aber sie nimmt das nicht tragisch und bleibt. Ein paarmal saß ich schon ohne Personal da und hätte zumachen können, wenn nicht Mrs. Harris gewesen wäre.«

Lorney hörte ein Geräusch, kam hinter dem Schanktisch hervor, ging rasch durch den Raum und trat hinaus in die Diele. Durch die Tür konnte Dick sehen, daß ein junges Mädchen angekommen war. Lorney trug ihren Koffer und sprach dauernd auf sie ein. Sie gingen die Treppe hinauf und verschwanden im Gang.

Dick trank sein Glas aus und wartete, bis Lorney wieder erschien.

»Wer ist denn diese nette junge Dame?« erkundigte er sich neugierig.

»Besuch.«

»Scheint sehr gut mit Ihnen bekannt zu sein.«

»Ihr Vater war ein Freund von mir«, erklärte Lorney. »Voriges Jahr war sie eine Woche lang hier. Miss Jeans besucht ein Pensionat in der Schweiz.«

Er sah zur Treppe, als ob er erwartete, sie wiederzusehen.

»Ihr Vater hat mir vor Jahren sehr geholfen, und es macht mir Spaß, daß ich mich um sie kümmern kann. Sie hat keine Eltern mehr.«

Dick sah ihn überrascht an. Diese Seite hatte er in dem Charakter des sonst verschlossenen Mannes noch nicht kennengelernt.

»Mr. Lorney!«

Die beiden sahen auf. Anna Jeans lehnte sich über das Geländer.

»Kann ich herunterkommen?«

»Aber selbstverständlich!«

Der Wirt ging ihr entgegen.

»Darf ich vorstellen – Mr. Richard Mayford.«

Sie sah ihn überrascht an. Dann lächelte sie.

»Aus Ottawa«, sagte sie.

Dick zog verwundert die Augenbrauen hoch.

»Woher wissen Sie denn das?«

»Ich bin dort zur Schule gegangen, und alle Leute kannten die Mayfords. Sie sind doch der Schwager von Lord Arranways?«

Fünf Minuten später gingen die zwei auf dem Rasen draußen auf und ab und tauschten Erinnerungen an Ottawa aus, obwohl keiner von beiden noch viel darüber wußte.

Mr. Lorney beobachtete sie von der Gaststube aus – lächelnd, was bei ihm eine Seltenheit war.

*

Mary kannte Miss Jeans nicht und interessierte sich auch kaum für das junge Mädchen, als Dick ihr von seiner Begegnung erzählte.

»So, ist sie wirklich so charmant? Na ja, kanadische Mädchen sind meistens nett. – Was macht sie denn hier?«

Dick erzählte seiner Schwester, was er von Anna wußte, und zwar in einem so begeisterten Ton, daß Mary ihn von der Seite ansah.

»Aber Dick, du schwärmst ja! Das ist man bei dir wirklich nicht gewohnt. – Solltest du dich in sie verliebt haben?« meinte sie leichthin.

Sie war an dem Tag in bester Laune, denn die französische Polizei hatte ihr verlorenes Brillantarmband bei einem Juwelier in Nizza gefunden. Sie erzählte beim Abendessen davon.

»Es wird dreihundert Pfund kosten, es wieder einzulösen«, äußerte der Lord. Er sah Keith an und fuhr dann fort: »Ich möchte Ihnen einen Rat geben, junger Mann«, sagte er wohlwollend.

Kellers Gesicht glich einer Maske.

»Sicher ist es ein guter Rat, wenn Sie ihn mir geben.«

»Lassen Sie das Wetten bei den Rennen. Ihr Vater mag so reich sein, wie er will, die Buchmacher werden Ihnen den letzten Groschen aus der Tasche ziehen. Lassen Sie sich nicht durch das Glück von Mr. Lorney verleiten. Der hat zwar eine Menge gewonnen, aber, wer weiß, mit wie vielen Buchmachern er unter einer Decke steckt.«

»Was hältst du denn plötzlich für Moralpredigten?« fragte Mary.

»Ich traf Mr. Dane von der Berliner Gesandtschaft. Der sagte mir, daß er Mr. Keller dort auf einem Rennen getroffen hätte. – Wie ein betrunkener Matrose soll er gewettet haben. Verzeihen Sie den starken Ausdruck, aber ich zitiere nur, was Mr. Dane sagte.«

Keith Keller lächelte.

»Na ja, ich werde mit den Jahren schon vernünftiger werden. Zur Zeit hat mein Vater noch Geld genug.«

Dick sah den schnellen Blick, den Mary dem jungen Mann zuwarf, und fühlte eine gewisse Nervosität in sich aufsteigen.

4

Anna Jeans konnte glänzend Tennis und Golf spielen und war außerdem eine elegante Reiterin. Dick verbrachte die nächsten Tage fast ausschließlich in ihrer Gesellschaft: Morgens begleitete er sie auf Spazierritten in die schöne Umgebung von ›Arranways Hall‹, und nachmittags trafen sich die beiden im kleinen Salon des Gasthauses, wo ein Flügel stand, auf dem Anna nun ihrerseits die Begleitung zu Dicks Liedern übernahm.

Keith Keller und Mary gingen zum Gasthaus, tranken dort Tee und lernten dabei die junge Dame kennen. Mary fand sie wirklich entzückend, aber Keith ließ sich zu keinem Lob hinreißen; er erklärte, solche Art Mädchen wären nicht sein Typ.

»Welchen Typ liebst du denn eigentlich?« fragte Mary, als sie durch den Wald zurückgingen.

Er griff nach ihrer Hand, aber sie wollte davon nichts wissen. »Eddie ist in der Nähe«, sagte sie schnell.

Sie hatte recht, denn nach einer Weile trafen sie ihn. Mary machte ein äußerst gelangweiltes Gesicht, und Keith fing sofort ein Gespräch mit dem Lord an. Er hatte vor einigen Tagen die ganze Bibliothek seines Gastgebers durchwühlt und alles gelesen, was dort der Lord je geschrieben hatte. Da er sich eben an einem Werk über die Reform der indischen Verwaltung versuchte und fast den ganzen Tag nicht zu sehen war, konnte man einigermaßen mit ihm auskommen, und wenn man ihn mal traf, hatte man immer einen Gesprächsstoff, besonders, wenn man so geschickt war wie Keith Keller.

Der ›Alte‹ stand im Schatten des Waldes und wartete, bis die letzten Lichter in Schloß ›Arranways‹ erloschen. Er beobachtete Dick, der um elf aus dem Gasthaus zurückkehrte, und sah, wie nach einer Weile auch in dessen Zimmer das Licht ausging. Dann schlich er sich näher an das Schloß heran, wobei er jeden Strauch und jeden Schatten zur Deckung benützte. Nach einiger Zeit war er auf der Rückseite des Gebäudes angelangt.

Die Wolken, die den Mond verdeckten, waren vorübergezogen, und es war fast taghell, als er den Rasen vor dem Haus überqueren mußte.

Mit äußerster Geschicklichkeit kletterte er an den dicken Efeustämmen hinauf, während er mit den Zähnen eine Tasche festhielt. Gleich darauf stand er oben auf dem kleinen Balkon, wenige Schritte von einer hohen Glastür entfernt, in deren Fenster vier farbige Wappen eingelegt waren. Er holte einen kleinen Meißel aus der Tasche, mit dem er geräuschlos arbeitete. Schon einmal war er auf diese Weise ins Schloß eingedrungen, denn dies war die einzige Tür, die nicht durch eine elektrische Alarmanlage gesichert war.

Plötzlich hielt er inne, drückte auf die Türklinke und öffnete die Tür. Im nächsten Augenblick stand er im Innern. Er hielt an, schloß die Glastür vorsichtig und lauschte. Als er ein Geräusch hörte, trat er in eine Nische, die durch einen Vorhang verdeckt war.

Eine Tür im Korridor ging auf, und ein Herr im Pyjama blickte suchend den dunklen Gang entlang. Keith Keller entdeckte den ›Alten‹ nicht. Dann trat er wieder in sein Zimmer zurück und schloß die Tür geräuschlos hinter sich. Der ›Alte‹ wartete einen Augenblick.

Da – beinahe hätte er durch die Zähne gepfiffen –, gerade

als er sein Versteck verlassen wollte, hörte er leichte Schritte auf dem Gang. Eine Frau. Jetzt ging sie an einem Fenster vorüber, und im Mondlicht erkannte er Lady Arranways. Über ihrem Nachthemd trug sie einen seidenen Morgenrock, und in der Hand hatte sie eine brennende Zigarette.

Einen Augenblick blieb sie stehen und sah den Weg zurück, den sie gekommen war. Dann ging sie zu Kellers Tür und klopfte leise. Sofort wurde geöffnet. Der ›Alte‹ hörte, daß sich der Schlüssel im Schloß drehte.

Dann kam er hinter dem Vorhang hervor und ging den Korridor in dem totenstillen Haus entlang.

5

Tom Arkright, ein Arbeiter von der ›Waggin Farm‹, sagte später, er hätte den ersten Alarm geschlagen, aber Mr. Lorneys Wagen hielt bereits zehn Minuten vor Ankunft des Dorfpolizeibeamten vor dem Tor des brennenden Schlosses. Selbst in der mondhellen Nacht konnte man die züngelnden Flammen auf weite Entfernung sehen. Rauch drang aus den Fenstern des ersten Stocks, als Mr. Lorney den kurzen Weg zur Auffahrt zurücklegte. Er sprang aus dem Wagen und hämmerte gegen die Haustür.

Dick Mayford hatte einen leichten Schlaf. Er hörte das Hämmern, und es schien ihm auch, als ob er Brandgeruch spürte. Er stand auf und eilte aus seinem Zimmer.

»Ich glaube, ich weiß, in welchem Zimmer es brennt«, rief ihm Lorney zu, der gerade die Treppe in großen Sätzen hinaufrannte. »Es ist das sechste Fenster von der Ecke.«

Als sie um die Ecke bogen, stand Lord Arranways schon auf dem Gang.

»Hier schläft doch Keller!« sagte Arranways. »Dick, wecke

Mary und bring sie nach unten. Sie soll sich nicht aufregen, es ist nicht gefährlich.«

Lorney wickelte sich sein Taschentuch um die Hand und versuchte die Tür zu Kellers Zimmer aufzumachen, aber er mußte sich mit aller Gewalt dagegenstemmen, bis das Holz splitterte und die Füllung brach. Dichter Rauch wirbelte Lorney entgegen. Er tastete durch das Loch und drehte den Schlüssel um.

»Warten Sie hier vorn und schließen Sie die Tür, wenn ich hineingegangen bin.«

Drinnen wurde er sofort von gelblichgrauen Wolken eingehüllt. Links von ihm flackerten Flammen auf, und er sah einen Mann auf dem Boden liegen. Rasch bückte er sich und richtete ihn auf.

Keller war nicht ganz bewußtlos. Er flüsterte Lorney ein paar bittende Worte zu, als dieser ihn zur Tür zog, und wies auf etwas Weißes, das in der Nähe des Bettes auf dem Boden lag.

Der Wirt war Kavalier. Er hatte keine Illusionen und nur wenige Ideale. Als er wieder auf den Gang hinaustrat, hatte sich nur der harte Ausdruck auf seinem Gesicht vertieft.

»Bringen Sie ihn schnell nach unten«, sagte er heiser zu den Leuten, die herumstanden.

Keller war auf dem Boden halb zusammengesunken, während sich der Lord über ihn beugte.

»Ist nichts in Ihrem Zimmer, das gerettet werden muß, Keller?« fragte Arranways besorgt.

»Nein, nichts... Bringen Sie mich... bitte fort«, murmelte Keller schwach.

In diesem Augenblick kam Dick heran. Er hatte Mary nicht in ihrem Zimmer gefunden. Vermutlich hatte sie den Alarm gehört und war hinaus in den Park gegangen. Er hatte einen warmen Mantel aus ihrem Zimmer mitgenommen.

»Geh nach unten!« sagte Lord Arranways kurz. »Kommen

Sie, Lorney, hier oben ist niemand mehr. – Sehen Sie zu, daß alle Leute das Haus verlassen!« rief er dem Diener nach.

Der Lord selbst ging die Treppe hinunter – ohne eine Ahnung davon zu haben, daß Lorney ihm nicht folgte. Der Gastwirt stand an der Tür zu Kellers Zimmer und wartete, bis die anderen aus dem Gang verschwunden waren. Dann öffnete er die Tür und wagte sich noch einmal ins Zimmer.

Kam er noch zur rechten Zeit? Mit angespannten Sinnen lauschte er auf das leiseste Geräusch vom Gang. Aber es war ja gleich, ob der Ruf von Lady Arranways ruiniert war, vor allem mußte sie gerettet werden.

Er bückte sich, hob die leichte Gestalt vom Boden auf und trug sie auf den Gang hinaus. Mary war bewußtlos, und als er an einem Fenster vorbeikam, sah er, daß sie totenblaß war. Auf der ersten Stufe der Treppe hielt er an, als Lord Arranways in Sicht kam.

»Wo bleiben Sie denn, Lorney?« rief er ungeduldig. »Kommen Sie doch endlich herunter! Es ist ja niemand mehr dort oben –«

Da erblickte er seine Frau.

»Mary...! – Wo haben Sie sie gefunden?« fragte er leise.

»Am Ende des Ganges, unter dem Fenster«, entgegnete Lorney mit fester Stimme.

Nach kurzem Schweigen wandte sich der Lord ab und ging langsam die Treppe hinunter.

»Ich habe sie nicht dort gesehen«, sagte er gequält.

»Aber ich«, erklärte Lorney entschieden. »Auf jeden Fall sah ich etwas Weißes. Sie muß in der ersten Aufregung aus ihrem Zimmer gestürzt und nach der falschen Richtung gelaufen sein.«

Dick war die Treppe heraufgekommen und nahm nun Lorney die bewußtlose Frau aus den Armen.

Sie liefen die Stufen hinunter und durch die Eingangshalle ins Freie. Arranways nahm den Mantel auf, den Dick unten auf das Geländer der Terrasse gelegt hatte, und hüllte seine Frau darin ein.

Alle Bewohner von Sketchley waren mittlerweile vor dem Schloß zusammengekommen.

Diener und Landarbeiter liefen mit geretteten Gemälden, Teppichen, dem vielen alten Silber und anderen wertvollen Dingen aus dem Haus.

»Ich habe meinen Wagen hier und werde Mylady zu mir ins Gasthaus bringen«, sagte Lorney zu Lord Arranways. »Augenblicklich habe ich keine anderen Gäste als die junge Dame aus Kanada.«

Arranways nickte. Er setzte sich in den Fond und überließ es Dick, seine Schwester im Auto unterzubringen.

Als der Wagen durch das große Parktor auf die Straße hinausfuhr, glaubte der Lord einen hochgewachsenen, etwas korpulenten Herrn mit einer Brille am Straßenrand zu sehen. Das Gesicht kam ihm bekannt vor – es war derselbe Mann, den Mary in Wien und in Berlin bemerkt hatte.

»Wo ist eigentlich Keller?« erkundigte sich der Lord. Seine Stimme hatte einen harten Klang, und er hob den Blick nicht, als er sprach.

»Einer der Diener hat mir vorhin erzählt, daß man ihn ins Gasthaus gebracht hätte«, erwiderte Lorney.

Als sie ausstiegen und die Diele des Gasthauses betraten, kam Mary zu sich. Dick übergab sie einem Hausmädchen, während Lorney nach Mrs. Harris rief.

»Die habe ich beim Schloß gesehen«, warf Dick ein.

»Ich hätte mir auch denken können, daß sie nichts Besseres zu tun hat, als sich dort herumzutreiben! Die neugierige alte Hexe würde mitten in der Nacht aufstehen und zusehen, wenn ein Hund den Mond anbellt.«

Lorney erzählte Dick dann, daß er am Abend in Guilford gewesen war. Auf dem Rückweg fuhr er an ›Arranways Hall‹ vorbei und entdeckte Rauch und Flammen im Fenster von

Kellers Zimmer. Der Brand mußte schon vor einiger Zeit ausgebrochen sein, denn als er ins Zimmer kam, hatte er schon weit um sich gegriffen.

Lorney ging mit Dick zu Fuß zum Schloß zurück. Zehn Minuten später trat Lord Arranways zu ihnen. Schweigend beobachtete er, wie das stattliche alte Haus niederbrannte, in dem zehn Generationen der Arranways gelebt hatten. Die Feuerwehr war machtlos. Motorspritzen kamen aus Guildford, aber als sie auf der Bildfläche erschienen, fanden sie nicht genug Wasser vor und konnten nur zusehen, wie die erbarmungslosen Flammen allmählich das ganze Haus einäscherten.

Der Morgen graute, als der Lord, Dick Mayford und John Lorney zum Gasthaus zurückgingen. Während der drei Stunden, die sie beim Brand zugesehen hatten, hatte der Lord kaum ein Wort gesprochen. Dick vermutete, daß der Verlust des Schlosses ihn so schweigsam machte, aber als er versuchte, seinen Schwager zu trösten, lachte Arranways bitter auf.

»Es gibt Dinge, die man nicht wieder aufbauen kann.«

Dick erschrak, denn diese Worte bestätigten seine schlimmsten Befürchtungen.

6

Schon nach den ersten vierundzwanzig Stunden ihrer Bekanntschaft hatte Dick Mayford feststellen müssen, daß Anna Jeans ganz anders war als die jungen Damen, die er bisher getroffen hatte. Sie gab ihm selten recht und hatte überhaupt einen äußerst eigenwilligen Charakter. Das brachte ihn etwas aus der Fassung, denn bisher war er immer von einem Kranz bewundernder Weiblichkeit umgeben gewesen.

Eines Tages hatte er sich mit Anna verabredet, zu den Mailley-Ruinen zu reiten, und kam eine Viertelstunde zu spät zu dem ausgemachten Treffpunkt. Dort erfuhr er, daß sie pünktlich allein fortgeritten war. Als er sie nach einem scharfen Galopp eingeholt hatte, sah er sie vorwurfsvoll an und sagte, daß sie ruhig ein bißchen hätte auf ihn warten können.

Aber sie schaute ihn nur belustigt mit ihren grauen Augen an und bereute offensichtlich nichts.

»Daran werden Sie sich gewöhnen müssen«, meinte sie. »Ich habe mir schon in frühester Jugend geschworen, nie auf einen Mann zu warten. Wenn es Ihnen nicht gegen den Strich geht, sich für Ihr Zuspätkommen zu entschuldigen, können wir ja auch weiterreiten.«

Und Dick fügte sich tatsächlich und bat sie um Verzeihung, die ihm auch gewährt wurde.

»Ich habe die ganze Nacht fest durchgeschlafen«, erklärte sie, als er ihr von dem Brand im Schloß erzählte.

»Lorney hätte Sie aufwecken sollen –«, fügte er hinzu.

»Ach, warum denn das? Wozu soll ich mir ansehen, wie ein Haus abbrennt? Mrs. Harris hat mir so schon eine haarsträubende Schilderung davon gegeben. – Es muß entsetzlich gewesen sein für Ihre Schwester.«

Ihm kam es vor, als ob sie das etwas nüchtern und spöttisch gesagt hätte, und er warf ihr einen mißtrauischen Blick zu.

»Es war für uns alle unangenehm«, entgegnete er steif. »Glücklicherweise habe ich einen leichten Schlaf und hörte Mr. Lorney, wie er mit den Fäusten gegen die Tür schlug.« Nach einer Weile fragte er etwas zusammenhanglos: »Wie lange bleiben Sie eigentlich noch hier?«

»Ein paar Wochen.«

»Warum sind Sie überhaupt hergekommen?«

Sie sah ihn von der Seite an.

»Weil ich hoffte, Sie hier zu treffen«, sagte sie dann. »Ich habe Sie schon bewundert, als ich noch ein Kind war. – Es muß eigentlich herrlich sein, wenn man so heimlich verehrt wird. Ja, so bin ich nun einmal, wenn ich einen Mann sehe und ihn gern habe, dann kann mich nichts mehr von ihm abbringen.«

Dick räusperte sich unbehaglich, obwohl gar kein Grund zur Verlegenheit da war. Sie schien seine schwache Seite berührt zu haben. »Bitte, sagen Sie mir doch ehrlich, warum Sie hierhergekommen sind.«

»Erstens, weil ich Mr. Lorney gern habe; zweitens, weil mein Leben mehr oder weniger durch einen alten Rechtsanwalt bestimmt wird, der in London wohnt. Wenn er sagt: ›Gehen Sie in ein Internat!‹ dann muß ich in ein Internat gehen. Und wenn er mir rät, meine Ferien in einem Gasthaus in einer gottverlassenen Gegend zu verbringen, dann muß ich das auch tun.«

»Ist er Ihr Familienanwalt?«

Sie wandte sich im Sattel halb zu ihm.

»Habe ich Ihnen meine Lebensgeschichte noch nicht erzählt? Das ist aber wirklich nicht nett von mir . . .«

Und sie berichtete ausführlich, während sie weiterritten. Dick hatte kaum Gelegenheit, selbst etwas zu sagen, bis sie zum Gasthaus zurückkamen.

»Ich kann diesen Romeo nicht ausstehen«, erklärte sie plötzlich ohne jeden Zusammenhang.

»Welchen Romeo?«

»Ich mag ihn einfach nicht«, fuhr sie fort, ohne auf seine Frage einzugehen, »selbst wenn er noch so schicke Pyjamas hat und mir die schönsten Rosen aus Mr. Lorneys Garten zuwirft. Das gibt noch was, wenn er erfährt, daß sie abgerissen worden sind. – Die ganze Sache war beinah romantisch: Ich schaute heute morgen so gegen sieben Uhr zum Fenster hinaus. Allerdings hatte ich ein süßes hellblaues Nachthemd an, und so kann man natürlich dem jungen Mann keinen großen Vorwurf machen. Jung ist andererseits auch wieder übertrieben: Am Hinterkopf hat er schon eine ganz schön dünne Stelle.

Männer sollten doch lieber einen Hut aufsetzen, wenn man auf sie herunterschauen kann.«

»Ach, meinen Sie Keller?« fragte Dick überrascht.

»Ja, so heißt er wohl.«

»Warum mögen Sie ihn denn nicht?«

Sie schüttelte den Kopf.

»Ach, ich weiß nicht. Wahrscheinlich ist es ein Instinkt, der mich vor ihm warnt. Ich möchte nicht wissen, was er von mir dachte, als ich die Rose auffing und sie ihm wieder zuwarf. – Gefällt er Ihnen denn?«

Dick sagte nichts, aber plötzlich wurde er sich vollkommen bewußt, daß er diesen Keller ohne weiteres hätte umbringen können.

»Eigentlich sieht er gar nicht so schlecht aus, nicht wahr? – Haben Sie übrigens den ›Alten‹. zu Gesicht bekommen? Mrs. Harris sagt, er wäre in der vergangenen Nacht draußen auf dem freien Platz vor dem Schloß gesehen worden. Wollen wir nicht einmal die Höhlen durchsuchen, ob wir ihm begegnen? Es heißt, er wäre total verrückt und hätte seinen Wärter mit dem Hammer erschlagen. Aber mir kann ja nichts passieren, wenn Sie dabei sind!«

»Nehmen Sie überhaupt irgend etwas ernst?« fragte er gereizt. Sie schaute ihn bewundernd an.

»Sie nehme ich ernst. Viel ernster als sonst jemanden, der mir bisher den Hof gemacht hat.«

»Aber ich denke ja gar nicht daran, Ihnen den Hof zu machen«, protestierte er entrüstet.

»Nein, dazu hatten Sie ja niemals Gelegenheit. Man kann eine junge Dame schließlich nicht auf dem Tennisplatz umarmen, und auch ein Ritt in die schöne Gegend ist zu dem Zweck nicht gerade praktisch. Nein, hätte heute morgen der Mond statt der Sonne geschienen, so hätte ich wahrscheinlich eine tadellose Julia abgegeben – das heißt, wenn mein Partner nicht gerade Mr. Keller gewesen wäre.«

Kurz vor dem Gasthaus wurde sie wieder ernst und erzählte Dick, wie nett Mr. Lorney zu ihr war. Sie konnte sich erinnern, daß er jedesmal an ihren Geburtstag gedacht hatte, als sie noch ein kleines Kind war, und ihr auch später immer wieder Geschenke geschickt hatte, oft ohne äußeren Anlaß.

Auch im vorigen Jahr hatte sie ihre Ferien bei ihm verbracht. Sie merkte, daß er auch abweisend und rauh sein konnte, aber ihr gegenüber war er immer von der gleichen Freundlichkeit. Es war eine seiner hervorstechendsten Eigenschaften, daß er alten Freunden unbedingt treu war.

»Meiner Meinung nach kann er Mr. Keller nicht leiden«, sagte sie abschließend.

Dick wunderte sich darüber, denn er konnte nicht wissen, daß die beiden sich schon von früher kannten.

»Wenn Mr. Lorney Mr. Keller zufällig irgendwo sieht, wendet er kein Auge von ihm. Wenn er erst herausbekommt, daß er seine Rosen abgerissen hat, gibt es Krach.«

Keller stand in der Diele, als die beiden zurückkamen. Wie gewöhnlich war er äußerst elegant angezogen. Dick suchte auf seinem Hinterkopf nach Anzeichen einer beginnenden Glatze, konnte aber nichts dergleichen feststellen.

»Hallo, sind Sie ausgeritten?« fragte Keller unnötigerweise, nickte Dick zu und wandte sich dann mit einem gequälten Lächeln an Anna.

»Ich habe Sie heute morgen schon gesehen.«

Anna übersah seine ihr entgegengestreckte Hand.

»Essen Sie im großen Speisezimmer zu Mittag?« fragte sie.

»Ja«, entgegnete Keller schnell.

»Na, dann sehen Sie mich heute noch dreimal«, tröstete sie ihn und ging die Treppe hinauf, um sich umzuziehen.

Keller sah ihr nach, bis sie oben angekommen war.

»Wer ist das eigentlich?« erkundigte er sich dann bei Dick.

Aber es hörte ihm niemand zu, denn Dick war nach draußen gegangen. Mr. Keller nahm solche Abfuhren nicht übel.

Er lächelte gutmütig, ging in die Gaststube, wo das Fremdenbuch lag, und blätterte darin herum, als der Wirt hereintrat.

»Ah, guten Morgen, Mr. Lorney. – Wer ist denn die hübsche junge Dame, die hier im Haus wohnt?«

Mr. Lorney fuhr sich mit der Hand durchs Haar und sah den jungen Mann fest an.

»Mr. Keller, ich habe gehört, daß Ihnen Ihr Zimmer nicht gefällt. Ich stelle Ihnen jetzt Nummer drei zur Verfügung. Die Mädchen haben Ihnen leider ein wenig komfortables Zimmer gegeben.«

»Wer ist denn nun die junge Dame?« wiederholte Keller. »Hat sie Verwandte hier? – Das ist sie doch wohl: Miss Anna Jeans aus Lausanne.«

»Ja, Miss Jeans wohnt hier.«

»Wer ist sie denn?«

»Ein Gast.«

»Sind ihre Angehörigen auch hier?«

Mr. Lorney hatte es satt. »Soviel ich weiß, hat die junge Dame keine Angehörigen, wenn Sie ihre Eltern meinen sollten. Ich kannte ihren Vater, und ich kenne ihren Rechtsanwalt. Sie kommt hierher, um ihre Ferien hier zu verbringen. – Wollen Sie sonst noch was wissen?« fragte er in geradezu beleidigendem Ton.

Mr. Keller lachte unbekümmert.

»Dann können Sie mich ihr eigentlich mal vorstellen.«

»Anscheinend haben Sie sich bereits selbst mit ihr bekannt gemacht. Ich fand eine meiner Rosen unten auf dem Gartenweg. Im allgemeinen ist es nicht nötig, Verbotstafeln anzubringen, daß keine Blumen gepflückt werden dürfen, denn ich habe nur Leute im Haus, die wissen, was sich gehört.«

Keller überhörte diese Grobheit.

»Wie lange haben Sie das Gasthaus eigentlich schon?«

»Zwei Jahre und neun Monate. Ich kann Ihnen das genaue Datum sagen, wenn es Sie interessiert. Viertausendsechshundert Pfund habe ich dafür gezahlt und außerdem fünftausend für Renovierung und Einrichtung ausgegeben. Sind Sie nun zufrieden?«

Keller lachte laut.

»Mit diesem Benehmen werden Sie keine Gäste anlocken. Ich glaube, ich muß Ihnen mal beibringen, etwas höflicher zu sein.«

Lorney sah ihn ruhig an, ohne mit der Wimper zu zucken.

»Man hat mir gesagt, daß Sie ein reicher junger Mann aus Australien sind. Derartige Leute verliere ich nicht gern als Gäste, aber ich fürchte, bei Ihnen muß ich eine Ausnahme machen.«

Er klingelte, und der Kellner Charles kam herein.

»Zeigen Sie Mr. Keller das neue Zimmer. Wenn er etwas haben will, dann besorgen Sie es. Geben Sie ihm auch andere Möbel, wenn er es verlangt. — Wir müssen alles tun, um ihn zufriedenzustellen«, fügte er ironisch hinzu.

Mr. Lorney konnte sehr unangenehm werden. Auch Lord Arranways erfuhr das. Aber als er hörte, wie sehr sich Lorney bei den Rettungsarbeiten eingesetzt hatte, und daß er unter anderem den kleinen Koffer mit den für ihn wichtigen Privataufzeichnungen über die indische Regierung gerettet hatte, beschloß er doch, vorerst im Gasthaus zu bleiben. Außerdem hatte er andere Sorgen. Und das Haus war auch ausgesprochen bequem und weiträumig, so daß man sich darin wohlfühlen konnte. Die altertümlichen Räume waren mit schwerer Eichentäfelung ausgekleidet, und Mr. Lorneys Vorgänger hatte einen großen umlaufenden Balkon um den ganzen ersten Stock ziehen lassen. Eine breite hölzerne Treppe führte vom Garten hinauf. Mr. Keller untersuchte das alles, ging den Balkon entlang und stellte fest, welche Zimmer von dort aus zugänglich waren. Als methodischer Mann überließ er nichts dem Zufall, und er war noch nicht einen Tag im Gasthaus, als er auch schon alle Zimmer kannte, die Türen zum Balkon hatten.

Die Räume von Lord und Lady Arranways lagen mehr in der Mitte, während Dick Mayford am äußersten Ende wohnte. Das war natürlich schlecht, denn er hatte nur einen leichten Schlaf und würde bei dem leisesten Geräusch wach werden. Sehr gefährlich, dachte Keller.

Er sprach auch mit dem hübschen Zimmermädchen – zu netten kleinen Mädchen fühlte er sich immer hingezogen. – Nur die Geschichten von dem ›Alten‹, die unweigerlich bei jedem Gespräch mit Leuten dieser Gegend auftauchten, langweilten ihn. Trotzdem ging er am Nachmittag die Landstraße entlang, bis er die Nervenheilanstalt oben auf dem Hügel liegen sah. Der Anblick beunruhigte ihn ziemlich, denn plötzlich fiel ihm wieder die junge Frau in St. Louis ein ... Er verzog das Gesicht. Das war ausgesprochen peinlich gewesen, aber seiner Meinung nach hatte man ihm zu Unrecht die Schuld an der Entwicklung der Dinge gegeben. Sie war von Anfang an etwas aufgeregt und ständig nervös und gereizt gewesen. Hätte ihre zarte Schönheit nicht so starken Eindruck auf ihn gemacht, so wäre es wahrscheinlich nie zu einer Annäherung zwischen ihnen gekommen. Sie weinte bei jeder Gelegenheit, und er konnte noch jetzt ihre zitternden Lippen und roten Augenlider sehen. Rasch wandte er sich um, als ob er dadurch die Erinnerungen verscheuchen könnte.

Er hatte nicht geglaubt, daß es so weit kommen würde, bis sie ihm eines Abends beim Essen eine heftige Szene machte, furchtbar schrie und mit dem Messer nach ihm stach. Die ganze Sache war sehr peinlich für Mr. Keller gewesen, denn Nachforschungen, die ihr Vater anstellte, weil ihm das seltsame Benehmen seiner Tochter nicht ganz unbegründet erschien, hatten ergeben, daß sie nicht die einzige Frau war, die Ansprüche an Keller stellte. Deshalb hatte Keller es für besser gehalten, St. Louis zu verlassen.

Trotz dieses unangenehmen Ausgangs des Abenteuers war die Sache doch recht lukrativ gewesen, wenn er es sich so überlegte, denn er hatte sich den größten Teil ihrer Mitgift gesichert und war damit entkommen.

Keith Keller ging langsam zum Gasthaus zurück. Auf halbem Wege sah er die junge Dame auf sich zukommen, auf die er schon so lange neugierig war. Er ging schneller.

Anna machte nicht den Versuch, ihm auszuweichen. Sie grüßte mit einem Kopfnicken und wäre an ihm vorbeigegangen, wenn er sie nicht angesprochen hätte.

»Ich habe schon den ganzen Nachmittag darauf gewartet, Sie zu sehen. – Wohin wollen Sie gehen?«

Sie sah ihn mit ihren grauen Augen kühl an.

»Das kommt ganz darauf an«, sagte sie. »Ursprünglich hatte ich vor, einen Spaziergang in den Thicket-Wald zu machen, aber wenn ich Sie nicht davon abbringen kann, mich zu begleiten, möchte ich doch lieber wieder ins Gasthaus zurück.«

»Das klingt ja nicht sehr ermutigend«, sagte er lächelnd.

Sie nickte.

»Ich hoffte, Sie würden verstehen, was ich damit sagen will.« Damit ging sie weiter.

Keith Keller war unangenehm berührt, aber sein Interesse an dem Mädchen stieg. Frauen behandelten ihn für gewöhnlich nicht derartig gleichgültig. Er sah ihr eine Weile nach, dann kehrte er zum Gasthaus zurück. Dabei fiel ihm Lady Arranways wieder ein.

Den ganzen Tag hatte er Mary nicht gesehen, und Lord Arranways schien für nichts Sinn zu haben als für seine blöden Pläne bezüglich der indischen Verwaltung.

Am Abend ging Keller etwas gelangweilt in den Speisesaal hinunter. Zum erstenmal, seit er die Arranways kannte, waren seine Beziehungen zu ihnen getrübt. Ohne dazu aufgefordert zu sein, setzte er sich zu Dick Mayford an den Tisch und begann ein Gespräch mit ihm.

»Da stehen ja ein paar Koffer in der Diele – wer ist denn angekommen?«

»Fragen Sie doch Mr. Lorney«, erwiderte Dick unliebenswürdig. Er hatte gehofft, mit Anna essen zu können, aber als er um halb acht herunterkam, erfuhr er, daß sie schon auf ihr Zimmer gegangen war.

»Nach der ganzen Aufmachung scheint es ein Amerikaner zu sein.«

Keith Keller ließ sich nicht so leicht abwimmeln.

Dick winkte dem Kellner.

»Bringen Sie mir den Kaffee in den kleinen Salon.«

Es war nichts zu machen! Mr. Keller war an diesem Abend dazu verurteilt, sich sterblich zu langweilen. Etwas später schlenderte er im Haus und im Garten umher, in der Hoffnung, wenigstens das hübsche Zimmermädchen zu finden. Aber umsonst.

Um halb elf legte er sich ins Bett, las noch eine halbe Stunde, machte dann das Licht aus und trat hinaus auf den Balkon.

Er konnte niemanden sehen. Vorsichtig schlich er zu Marys Fenster. Die obere Hälfte war geöffnet, aber sonst fand er alle Türen verschlossen und alle Vorhänge zugezogen. Er lauschte, konnte aber nichts hören. Leise klopfte er an ihr Fenster, aber es kam keine Antwort. Dann vernahm er ein Geräusch in Dicks Zimmer und ging hastig zu seiner Tür zurück.

Vielleicht würde sie doch noch zu ihm kommen. Wieder las er eine Viertelstunde, drehte das Licht aus, ging noch einmal zur Tür, öffnete sie leise und ließ sie angelehnt.

Er fiel in einen unruhigen Schlaf, und als er aufwachte, fühlte er einen kalten Zug von der Tür her. Mit einem Fluch stand er auf und schloß sie ab. Dann legte er sich wieder hin und schlief sofort ein.

Eine Viertelstunde später, als die Kirchenuhr drei schlug, schlich eine dunkle Gestalt langsam die Treppe zum Balkon hinauf, ging vorsichtig bis zu Kellers Tür, blieb davor stehen und versuchte sie zu öffnen. Als es ihm nicht gelang, schlich er die Treppe wieder hinunter.

Dick hörte das Geräusch und kam auf den Balkon hinaus. Er sah, daß sich am Fuß der Treppe etwas bewegte.

»Wer ist da?« rief er scharf.

Der Fremde drehte sich um.

Dick sah einen Augenblick eine etwas gebeugte Gestalt mit einem unordentlichen weißen Bart und wirrem Haar. Er lief die Treppe hinunter, aber als er unten ankam, war der ›Alte‹ verschwunden.

7

Anna Jeans saß auf dem Geländer, von dem aus man den Tennisplatz übersehen konnte, und unterhielt sich mit Lorney. Sie sprachen von den Arranways.

»Ich glaube, zwischen den beiden stimmt auch nicht alles«, meinte sie, »Lady Arranways tut immer, als ob sie etwas Besseres wäre als wir.«

Lorney lachte.

»Ach, sie ist ganz in Ordnung. Vielleicht ein bißchen leichtsinnig, aber sonst ist nichts gegen sie einzuwenden.«

Sie sah ihn überrascht an.

»Leichtsinnig? Den Eindruck hatte ich nun nicht von ihr.«

»Leichtsinnig ist vielleicht nicht das richtige Wort dafür. Sie ist nicht ganz so vorsichtig, wie ich an ihrer Stelle wäre.«

Anna sah ihn neugierig an.

»Sie benimmt sich aber doch einwandfrei?«

Mr. Lorney zögerte.

»Ach, Mr. Lorney, meinetwegen können Sie ruhig darüber sprechen. Ich weiß Bescheid. Schließlich habe ich schon mehrere solcher sogenannten glücklichen Ehen gesehen. – Hat sie ein Verhältnis mit Mr. Keller?«

»Nein«, leugnete er wider besseres Wissen.

Anna hielt es für richtiger, das Gespräch an dieser Stelle auf weniger heißen Boden zu verlegen.

Lorney lehnte sich gegen die große Sonnenuhr und beobachtete Anna, während sie ihm von einem jungen Mann erzählte, den sie in der Schweiz kennengelernt hatte. Sie hatte sich sehr zu ihrem Vorteil verändert. Zwar war ihm eine gewisse Nüchternheit in ihrem Urteil neu, und er fragte sich, woher sie die haben mochte, aber er wußte aus eigener Erfahrung, daß man damit besser fuhr. Auch schien sie ihm jetzt völlig erwachsen zu sein. Plötzlich merkte er, daß er etwas sagen mußte, um zu zeigen, daß er ihr zugehört hatte.

»Diesen Mr. Keller mögen Sie doch nicht leiden?« fragte er auf gut Glück. Es schien zu passen.

Sie zuckte mit den Schultern.

»Ach, ich weiß auch nicht recht. Gut aussehen tut er ja. Natürlich macht er einen etwas undurchsichtigen Eindruck, aber solche Leute sind ja interessanter als Männer, bei denen man sofort weiß, wie sie auf dies oder jenes reagieren werden. Eine meiner Freundinnen in Toronto, eine Journalistin, hat mir mal gesagt, die einzigen Nachrichten, die sie und die Zeitung interessierten, wären schlechte, und es gäbe nur eine Art von interessanten Personen, und das wären schlechte Charaktere. Wenn ein guter Bürger stirbt, kann man knapp drei Zeilen daraus schinden, aber spannend wird es doch erst, wenn zum Beispiel ein Toter gefunden wird, dem man seine dunkle Vergangenheit auf zehn Schritt ansieht. – Finden Sie nicht auch?«

»Aber was hat das mit Mr. Keller zu tun?« war alles, was der plötzlich etwas verwirrte Mr. Lorney herausbrachte.

»Ich wollte Ihnen nur erklären, daß ich einen Mann nicht deshalb ablehne, weil er – gefährlich ist.«

Er sah sie zweifelnd an. »Also, mir gefällt die Visage von diesem Keller nicht. Ich fürchte ja, daß ich da mit meiner Meinung ziemlich allein stehe, aber es wäre mir ein gräßlicher Gedanke, wenn Sie sich etwa in ihm täuschten. Es tut mir leid, daß Sie solche Leute überhaupt in meinem Haus kennengelernt haben.«

»Hat Mr. Keller wirklich ein Verhältnis mit Lady Arranways?« kam sie auf dies interessante Thema zurück.

Aber Mr. Lorney schwieg eisern. Anna wunderte sich im Grunde, warum er sich soviel Mühe gab, diese Frau in Schutz zu nehmen. Also wechselte sie nochmals das Thema und erkundigte sich nach dem ›Alten‹, der heute nacht in der Nähe des Hauses gesehen worden war.

»Ich habe keine Ahnung, wer das gewesen ist, denn ich glaube einfach nicht, daß der ›Alte‹ noch am Leben ist. Natürlich versuchen die Reporter immer noch, die Geschichte wieder aufzuwärmen.«

Mr. Lorneys Auto hielt vor dem Eingang, und ein großer, etwas korpulenter Herr stieg aus. Lorney sah ihm nach, bis er im Haus verschwunden war.

»Wer ist das?« fragte Anna.

»Ich kann es nicht genau sagen – er sieht einem Herrn verdammt ähnlich, der schon vor einem Jahr hier wohnte. – Entschuldigen Sie mich bitte einen Augenblick.«

Er ging über den Rasen und durch die Haustür in die Diele. Der Fremde sah Lorney erfreut an und gab ihm die Hand.

»Captain Rennett?«

Lorney hatte ihn sofort wiedererkannt. Es war auch schwer, den großen Amerikaner zu vergessen, wenn man ihn einmal gesehen hatte.

»Ja. Ich wollte Sie wieder einmal besuchen. Zweimal bin ich nun schon durch ganz Europa gereist, aber ich habe nir-

gends eine so gemütliche Unterkunft gefunden wie Ihr Haus.«
Während er sprach, steckte er sich eine Zigarre an.

Lorney hatte sich oft überlegt, was aus dem Amerikaner geworden sein mochte. Damals war er sehr rasch abgereist. Er hatte beim Kellner seine Rechnung bezahlt und war verschwunden.

Captain Rennett schien diese Gedanken zu erraten, denn er lachte.

»Erinnern Sie sich daran, wie ich seinerzeit Hals über Kopf abreiste? Eigentlich hatte ich vorgehabt, den ›Alten‹ zu erwischen, aber es waren ja schon genug Leute von Scotland Yard hier. Die hätten schön geschaut, wenn ich mich eingemischt hätte.«

»Oh, das glaube ich nicht. Man hatte eher den Eindruck, als wären die ganz froh, daß sie nicht allein an dem Fall herumkauen mußten. Immerhin kommt nicht alle Tage ein berühmter amerikanischer Kriminalbeamter nach England, um der hiesigen Polizei unter die Arme zu greifen. Sie hätten diesmal sogar noch eher kommen sollen, denn inzwischen hatten wir einen großen Brand hier.«

Rennett nickte.

»Ja, oben im Schloß, nicht wahr? Zu schade, daß das schöne alte Haus ganz abgebrannt ist! Uns Amerikanern tut so etwas immer besonders leid.«

»Der Lord wohnt jetzt mit seiner Frau, dessen Bruder und einem Gast hier in meinem Haus.«

»Wer ist denn sein Gast?«

»Ich glaube nicht, daß Sie den Herrn kennen. Er ist viel mit ihnen zusammen.«

»Aha! Er war auch schon mit ihnen auf Reisen, nicht wahr?« Der Ton dieser Frage war so scharf, als ob er jemanden verhören wollte.

»Ja – ich glaube«, antwortete Mr. Lorney zurückhaltend.

»Er heißt Keller?«

Als Rennett die abweisende Haltung des Gastwirts spürte, fing er an zu lachen.

»Ach, es ist schon ein Kreuz mit mir. Ich kann mir den Kriminalbeamten nicht abgewöhnen. Selbst wenn ich jemand nach dem Weg zum Bahnhof frage, hat der Ärmste den Eindruck, daß ich ihn einsperre, wenn er nicht sofort Auskunft gibt.« Er nahm die Zigarre aus dem Mund und betrachtete sie nachdenklich.

»Dabei fällt mir ein: Haben Sie jemals vorher gehört, daß ein Dieb unter größten Schwierigkeiten in ein Haus eingebrochen ist, um Sachen, die er vor etwa einem Jahr gestohlen hat, wieder zurückzubringen?«

»Nein, nie gehört!« entgegnete Lorney.

»Also, diesem Mann würde ich gern einmal begegnen. Alles, was mit ihm zusammenhängt, hat so einen besonderen Anstrich, finden Sie nicht?«

John Lorney lachte.

»Ach, da sind Sie nicht der einzige! Die Polizei und die Reporter haben sich schon die Hacken nach ihm schiefgerannt, und ich muß sagen, von weitem sähe ich ihn selbst mal ganz gerne.«

Rennett ging auf sein Zimmer, und der Wirt trat wieder vors Haus, aber er konnte Anna nirgends entdecken. Als er gleich darauf Keller mit einem Golfschläger in der Hand heranschlendern sah, kam ihm sofort der Verdacht, der junge Mann sei auf der Suche nach ihr, und er fing eine Unterhaltung mit ihm an.

»Seien Sie ein bißchen vorsichtig, wenn Sie zuschlagen«, warnte er ihn, denn an dem Schläger hing ein Stück Rasen.

»Ach hören Sie doch mit Ihren Predigten auf!« rief Keller gereizt. »Es ist sowieso schon entsetzlich langweilig hier. Golf, Tennis, Spazierengehen – das lockt doch keinen Hund hinterm Ofen vor! Was soll man bloß anfangen? – Wo ist denn die junge Dame, mit der Sie vorhin gesprochen haben?«

»Sie wird bessere Gesellschaft gefunden haben«, meinte Mr. Lorney gleichmütig.

»Mr. Lorney, ich habe Ihnen noch gar nicht dafür gedankt, daß Sie mir bei dem Brand das Leben gerettet haben. Man hat mir gesagt, daß Sie es waren, der mich aus dem Haus trug.«

»Tut mir leid, das war nicht ich, sondern der Lord«, antwortete Lorney kurz.

»War denn Lord Arranways in meinem Zimmer?« Keller konnte vor Entsetzen kaum Luft holen.

»Nein, ich brachte Sie aus dem Zimmer auf den Gang, und der Lord und Mr. Mayford trugen Sie hinunter.«

»Wer – wer hat denn Lady Arranways gefunden? – Sie?«
Der Wirt nickte.

Keller blieb stehen und sah ihn scharf an.

»Wo war das?«

»In dem Gang vor Ihrem Zimmer.«

»Was – vor meinem Zimmer? Wie ist sie denn dahin gekommen?«

Dick Mayford unterbrach das Gespräch der beiden Männer durch sein Erscheinen. Man merkte ihm deutlich seine schlechte Laune an, als er Keller erblickte.

Den störte das nicht im geringsten.

»Guten Morgen, Dick. Wie geht es Mary?«

»Lady Arranways fühlt sich nicht wohl, soviel ich weiß.«

»Lady Arranways? Warum denn so steif? – Übrigens, wußten Sie, daß Mr. Lorney mir das Leben gerettet hat? Und nach einer alten chinesischen Sitte muß man denjenigen, dem man das Leben rettet, auch den Rest des Lebens ernähren. Geben Sie mir also etwas zu trinken, Mr. Lorney.«

Lorney sah auf die Uhr.

»Leider ist jetzt noch Sperrstunde – aber wenn Sie unbedingt etwas haben wollen, kann ich Ihnen ja was aufs Zimmer schicken lassen.«

Keller, der schon auf der Treppe war, drehte sich noch einmal um.

»Solche verrückten Bestimmungen kann es auch bloß in England geben«, brummte er. »Schicken Sie mir einen Whisky-Soda und eine Zigarre herauf.«

»Was halten Sie von Keller?« erkundigte sich Dick, als der Australier außer Hörweite war.

»Man kann schlecht etwas gegen ihn sagen – außerdem kenne ich ihn nicht gut genug. Soviel ich gehört habe, soll er aus Australien kommen.«

»Das behauptet er wenigstens.«

»Man wird ihn in Australien vermissen«, meinte Lorney ironisch.

Dick Mayford ging zur Tür, schaute hinaus, schloß sie dann wieder und kam an die Theke zurück.

»Ich würde gerne einmal offen mit Ihnen sprechen, Mr. Lorney«, sagte er. »Sie sind doch während des Brandes in Kellers Zimmer gegangen. – Haben Sie außer ihm noch jemanden gesehen?«

Er mußte sich überwinden, diese gefährliche Frage zu stellen, von deren Beantwortung soviel abhing.

John Lorney sah auf, und ihre Blicke begegneten sich.

»Nein.«

»Sind Sie Ihrer Sache sicher?«

»Vollkommen.«

Lorney setzte ein paar Teller aufeinander. Dann kam er um die Theke herum.

»Wo haben Sie denn Lady Arranways gefunden?« fuhr Dick fort.

Der Wirt schaute Dick lange an, bevor er antwortete.

»Sie lag im Gang gegen die Wand gelehnt.«

»Sie haben doch dem Lord erzählt, daß sie unter einem Fenster lag?«

»Ja, sie lehnte an der Wand unter einem Fenster.«

Dick seufzte.

»Sie sind wirklich ein guter Kerl. Wahrscheinlich wird Lord Arranways auch noch einige Fragen an Sie richten, und ich wäre sehr erleichtert, wenn Sie ihm nichts sagten, was ihn aufregen könnte.«

Dick ging nach draußen, um Eddie zu suchen, der den ganzen Tag bei dem niedergebrannten Schloß verbracht hatte. Der Lord überwachte die Unterbringung der geretteten Möbel und Kunstschätze. Allem Anschein nach war er so damit beschäftigt, daß er keine Zeit für anderes hatte. Dick kannte ihn besser und wußte, daß er sich trotz seiner rastlosen Geschäftigkeit innerlich vor Haß und Zweifeln verzehrte.

Der Lord sprach gerade mit einem Feuerwehrmann, als Dick ankam.

Eddie besaß eine wertvolle Sammlung asiatischer Dolche und Schwerter, die er während seines Aufenthaltes in Indien zusammengetragen hatte. Darunter befanden sich Stücke von unschätzbarem Wert. Als Dick zu ihm trat, hatte er zufällig den Dolch von Aba Khan in der Hand. Diese Waffe hatte einmal den ganzen Pandschab beunruhigt. Es war eine lange, dünne Klinge, biegsam und scharf wie ein Rasiermesser. Aba Khan hatte damit die Frau erdolcht, die sich seinem Willen nicht gebeugt und ihn betrogen hatte. Jahrelange grausame Fehden in Radschputana waren die Folge gewesen, denn ihre Verwandten hatten sie blutig gerächt.

Gerade erzählte der Lord in seiner umständlichen Weise dem Feuerwehrmann diese Geschichte.

». . . der Maharadscha war mit einer sehr schönen Frau verheiratet, die aber unglücklicherweise einen anderen Mann liebte. Mit diesem Dolch erstach Aba Khan ihren Liebhaber vor ihren Augen, ehe er ihn ihr selbst in die Brust stieß.«

»Komm zu Tisch!« unterbrach ihn Dick.

Der Lord steckte die Klinge in die Scheide und gab sie dem Feuerwehrmann.

»Bringen Sie diese Waffe und den Rest der Sammlung zum Gasthaus. Es sind im ganzen sechzehn Stück.«

Dick nahm ihn beim Arm, und sie machten sich langsam auf den Weg zum Gasthaus. Inzwischen hatte es sich bewölkt, und ein heftiger Sturm kam auf. Die ersten Regentropfen fielen, als der Lord und Dick gerade die Diele des Gasthauses erreicht hatten.

»Hast du Mary gesehen?« fragte Dick.

»Nein, sie ist in ihrem Zimmer. Zum Frühstück ist sie auch nicht heruntergekommen.«

»Sie ist doch aber wach? Warum warst du nicht bei ihr?«

Der Lord antwortete nicht, und Dick merkte an seinem Gesicht, daß es nicht gut wäre, weiterzufragen. Trotzdem machte er noch einen Vorstoß.

»Habt ihr euch gezankt?«

»Ich sage dir doch, daß ich sie nicht gesehen habe!« erklärte Eddie ungeduldig. »Es ist wirklich am besten so.«

Dick folgte ihm in sein Zimmer und schloß die Tür hinter sich.

»Warum ist es so am besten? Was ist denn bloß los?«

Arranways ging zum Fenster, vergrub die Hände in den Taschen und beobachtete das ausbrechende Gewitter.

»Ich weiß nicht, was ich von all dem halten soll ... Du weißt, ich hab' das alles schon einmal durchgemacht – die Anzeichen sind mir ja nun wirklich vertraut, und es kommt mir alles so verdächtig vor!«

Dick machte einen letzten Versuch.

»Glaubst du, daß Mary in – seinem Zimmer war? Wir wollen uns doch nichts vormachen. Sag mir, bitte, was du denkst.«

Der Lord zögerte.

»Ich weiß es eben nicht. Ihr Nachthemd roch nach Rauch, und es war Asche daran. Ich wüßte nicht, wie sie an so etwas gekommen sein könnte, und vor allem: Wieso hat Lorney sie im Gang gefunden? Sie muß nah am Feuer gewesen sein. Ich bin schließlich nicht so dumm, daß ich das nicht begriffe.«

Immerhin konnte der Lord aber doch nicht mit Sicherheit behaupten, daß seine Frau bei Keller im Zimmer gewesen war. Er selbst nahm zwar das Schlimmste an, konnte es aber Dick gegenüber nicht zugeben.

»Bitte erkläre mir«, sagte er, »warum war Mary im Korridor und ausgerechnet vor Kellers Tür?«

»Wahrscheinlich hat sie den Kopf verloren«, meinte Dick.

Der Lord zog nur die Augenbrauen hoch und wanderte ruhelos im Zimmer auf und ab.

»Es kommt doch wirklich manchmal vor, daß man den Kopf verliert«, ereiferte sich Dick völlig nutzlos. »Mir ist selbst einmal passiert, daß ich bei Feuersgefahr aus dem Fenster und das Obstspalier hinuntergeklettert bin, obwohl ich noch ganz gut hätte die Treppe hinuntergehen können. – Klagst du Mary etwa des Ehebruchs –«

»Ich klage niemanden an. Ich sage nur, daß mich die Sache wahnsinnig beunruhigt.«

Dick erkannte, daß sein Schwager seiner Sache nicht hundertprozentig sicher war, und er war froh darüber, denn sonst hätte es unweigerlich eine Katastrophe gegeben.

»Lorney sagt aber doch –«

»Ich glaube eben nicht, was Mr. Lorney sagt! Hätte Mary unter dem Fenster gelegen, wie er es behauptet, so hätte ich sie doch gleich das erstemal sehen müssen, als ich nach oben kam.«

»Ich dachte immer, du hättest diesen Keller gern?«

Der Lord warf ihm einen vielsagenden Blick zu.

»Ich hatte ihn auch gern. Er ist sehr aufmerksam gewesen und hat sich immer für meine Pläne interessiert. Aber man kann nicht erwarten – und das hätte ich eben merken müssen –, daß ein Mann, der sich für die Frau eines anderen interessiert, seine Absichten und seinen wahren Charakter zeigt. Keller hat mir die ganze Zeit Sand in die Augen gestreut.«

Arranways hatte sich sehr aufgeregt, und Dick unterbrach ihn.

»Wir wollen im Augenblick nicht weiter darüber sprechen«, meinte er. »Laß es bei dem Verdacht bleiben – bis wirklich etwas bewiesen ist. Entschließ dich doch, Mr. Lorney zu glauben.«

»Glaubst du ihm denn?«

»Aber natürlich – unbedingt!« Es kostete Dick große Mühe, dies in glaubwürdigem Ton herauszubringen.

8

Es gab noch mehrere Auseinandersetzungen an diesem Tag.

Der Kellner Charles kam in größter Aufregung zum Wirt, den er in dem kleinen Salon hinter der Bar traf. Er war ein Mann zwischen Fünfzig und Sechzig mit breiten Schultern und einem kleinen, häßlichen Gesicht, das noch abstoßender wirkte, wenn er wütend war.

Lorney hörte den etwas zusammenhanglosen Bericht ruhig an.

»Was haben Sie denn sonst noch getan?« fragte er.

»Nichts!« rief der Kellner heftig. »Das Glas fiel mir vom Tablett, und der Whisky-Soda spritzte auf seine Hose. Ich gebe zu, ich hätte vorsichtiger sein sollen, aber noch bevor ich wußte, was eigentlich passiert war, hatte er schon seine Faust unter meinem Kinn. Ich wäre beinah zu Boden gegangen.«

»Ich werde mit ihm reden.«

»Mit ihm reden!« wiederholte der Kellner zitternd vor Wut. »Wenn ich nicht an meine Frau zu denken hätte ... Es wäre nicht mehr viel von dem Kerl übriggeblieben!«

Der Wirt sah ihn scharf an.

»Sie müssen auch noch an andere Dinge denken. Ich gebe Ihnen hier die Möglichkeit, wieder in geordnete Verhältnisse zurückzufinden, Green. Fünfmal haben Sie schon gesessen, und kein anderer würde Ihnen unter diesen Umständen Arbeit geben. Bei mir haben Sie ein Unterkommen und werden gut für Ihre Arbeit bezahlt. Es kommt nicht in Frage, daß ein Gast einen Angestellten schlägt, und ich werde mit Mr. Keller sprechen – das habe ich Ihnen ja schon gesagt. Sollte es noch einmal vorkommen, dann habe ich nichts dagegen, wenn Sie sich wehren. Aber ich glaube nicht, daß es noch einmal soweit kommt.«

Lorney sprach Keller später an, als er in die Gaststube kam.

»Schlagen Sie immer so schnell zu, wenn Ihnen was nicht paßt?« begann er ärgerlich.

»Wie bitte?« Keller schaute ihn verständnislos an. »Ach so – Sie sprechen von dem Kellner mit den Plattfüßen. Ein besonderer Trottel! Meine neue Hose hat er mir verdorben.«

»Na, so schlimm war es wohl nicht«, erwiderte Lorney unfreundlich. »Ich warne Sie vor dem Mann. Der war früher Berufsboxer. An Ihrer Stelle würde ich mich nicht mehr mit ihm anlegen.«

Lorney sah nicht, wie Mrs. Harris zurückkam, die in seinem Wagen ohne sein Wissen fortgefahren war. Sie hielt an der Hintertür, ging schnell durch die Küche in die Gaststube und ließ sich dort auf einen Stuhl fallen, denn sie hatte sich sehr beeilt und war etwas außer Atem.

Mary Arranways hatte sie vom Balkon aus kommen sehen und trat nun in das Zimmer.

»Haben Sie das Geld?« fragte sie leise.

Mrs. Harris strahlte, zog die lange Hutnadel heraus und holte unter ihrem Hut ein dickes Bündel Banknoten hervor.

Mary griff hastig danach und steckte die Scheine in ihre Handtasche.

»Sie haben doch hoffentlich niemandem gesagt, wo Sie waren?«

»Wem hätte ich es sagen sollen? Nein, von mir erfährt niemand etwas. Aber soviel Geld habe ich noch nie auf einem Haufen gesehen. Haben Sie nicht Angst, das alles hier zu haben? Bei den vielen Einbrüchen?«

Mary hatte einen sorgenvollen Vormittag hinter sich. Wenn die Frau nun Lord Arranways erzählte, daß sie für seine Frau vierhundert Pfund auf der Bank abgeholt hatte? Mary hatte nicht den geringsten Anlaß, Geld abzuheben. Und eine Ausrede wollte ihr auch nicht einfallen...

»Waren Sie dabei, als es im Schloß brannte?« fragte sie die Frau.

Mrs. Harris lächelte und nahm langsam ein paar Staubtücher aus einem Schubfach.

»Ja, ich war im Park und habe auch ein paar Bilder herausgetragen.«

Lady Arranways sah sie nachdenklich an.

»Ich kann mich nicht auf alles besinnen; ich kam erst wieder zu mir, als ich hier im Bett lag, und hatte keine Ahnung, was eigentlich passiert war.«

Mrs. Harris war froh, daß sie auch einmal gefragt wurde. »Ach, Mr. Lorney hat Sie gerettet! Er hat Sie herausgetragen, und Sie hatten nur ein Nachthemd an! Da hatte er Glück – ich meine, daß er Sie retten konnte.«

»Haben Sie gehört, wo er mich gefunden hat?«

Mrs. Harris räusperte sich. »Er hat Sie aufgehoben.«

»Ja, das schon«, erwiderte Mary ungeduldig, »aber wo?«

Die Frau machte eine Pause, dann räusperte sie sich wieder.

»Nun, es heißt, oben im Gang.«

Lady Arranways hörte deutlich die Zweifel heraus, die sich hinter dieser Antwort verbargen.

»Natürlich reden die Leute viel dummes Zeug, aber daran kann man sowieso nichts ändern«, fuhr Mrs. Harris fort.

»Worüber reden denn die Leute?« fragte Mary kühl.

Aber sie hatte gefährlichen Boden betreten, und die Frau wich ihr aus.

»Dagegen kann man nichts machen«, sagte sie nur.

Mary zuckte die Schultern und redete sich ein, daß man sich unmöglich um das Gerede der Leute kümmern könnte.

Den ganzen gestrigen Tag hatte sie im Bett gelegen und sich mit Vorwürfen überhäuft. Wie leichtsinnig und unvorsichtig war sie gewesen ... Wie hatte sie nur länger in Keiths Zimmer bleiben können? Es war wirklich unvorstellbar. Das erste, was ihr einfiel, war, daß ein Mann sie hinausgetragen hatte. Dann erinnerte sie sich an Eddies Stimme. Aber sonst war alles in einen dichten Nebel gehüllt.

Was wußte Eddie wohl? Das machte ihr die größten Sorgen. Im Grunde liebte sie ihn wirklich und hielt trotz all seinen Eigenheiten viel von ihm. Und Keith ... Plötzlich hatte sie das Gefühl, als würde sie beobachtet. Eddie stand oben an der Treppe und sah sie an. Es war das erstemal, daß sie sich nach dem Brand trafen.

Sie nahm sich zusammen. »Hallo, Eddie!«

Er kam langsam die Treppe herunter und nickte ihr zu.

»Nun, hast du dich wieder ganz erholt?« fragte er. Seine Stimme klang belegt, und seine Hände zitterten, als er eine Zeitung vom Tisch nahm.

»Es war eine furchtbare Aufregung«, erwiderte sie. »Sind wichtige Sachen verbrannt?«

Er sah sie über die Zeitung hinweg an.

»Die nackten Außenwände stehen noch – außerdem Kellers Zimmer, wo das Feuer ausbrach. Merkwürdig, nicht? Sogar der Fußboden ist noch drin.«

Mrs. Harris putzte hinter der Theke die Gläser, was sie

nicht daran hinderte, der Unterhaltung aufmerksam zu folgen. Sie witterte kommendes Unheil.

»Eddie, es tut mir sehr leid«, sagte Mary. Das war eine völlig überflüssige Bemerkung, aber Mary wollte Zeit gewinnen und ihn vor allem von weiteren Fragen abhalten.

»Die Miniaturen und die Waffensammlung sind gerettet worden«, erklärte Arranways, der sich inzwischen etwas gefaßt hatte. »Und die meisten Dorfbewohner haben geholfen, Gemälde und Möbel aus dem Haus zu schaffen.«

Mrs. Harris beugte sich eifrig vor.

»Ich habe auch zwei Bilder hinausgetragen, aber bis jetzt hat mir noch niemand dafür gedankt.«

Der Lord kümmerte sich nicht um sie.

»Wir bleiben wohl am besten noch ein paar Tage hier, bis unsere Stadtwohnung fertig eingerichtet ist, so daß wir dorthin ziehen können.«

»Ich fühle mich aber ganz wohl hier«, protestierte Lady Arranways, »und wir müssen ja doch alles länger vorbereiten, wenn wir für immer in der Stadt wohnen wollen.«

Bis jetzt hatte sie ihm noch keine Gelegenheit gegeben, auf den wesentlichen Punkt zu kommen, aber er wollte unter allen Umständen darüber sprechen.

»Keller habe ich heute morgen noch gar nicht gesehen. Ich nehme an, daß er nach London geht?«

Lady Arranways hatte sich inzwischen in einen Sessel gesetzt. Auf ihren Knien lag eine Zeitung.

»Ich weiß es wirklich nicht, aber er kann ja machen, was er will.«

Einen Augenblick sah er sie prüfend an.

»Ja, er amüsiert sich, so gut er kann«, erwiderte er.

Sie lächelte gezwungen.

»Warum sagst du ihm nicht, daß er uns allein lassen soll, wenn er dich so langweilt?«

»Wir sind hier in einem Hotel, und er kann natürlich bleiben, solange er will. Aber wenn er das tun sollte, fahren wir natürlich besser nach London.«

Sie legte die Zeitung beiseite. Jetzt mußte sie etwas sagen. Schweigen war hier gleichbedeutend mit dem Eingeständnis ihrer Schuld.

»Warum denn?« fragte sie.

Ihr Mann runzelte die Stirn, denn er hatte erwartet, daß sie seinen Vorschlag ohne Widerspruch annehmen würde. In dem ruhigen und düsteren Haus in der Berkeley Avenue hätte er dann versucht, das Problem irgendwie zu lösen.

»Hast du etwas dagegen?« fragte er.

Sie schüttelte den Kopf.

In diesem Augenblick kam Lorney herein.

Lord Arranways sprach ihn an.

»Ich muß dringend in die Stadt, mein Zimmer wird frei, Mr. Lorney.«

Der Wirt sah fragend zu Mary hinüber.

»Meines nicht«, sagte sie lächelnd. »Ich bleibe mindestens noch ein paar Tage hier. – Ich habe Ihnen übrigens noch gar nicht gedankt für alles, was Sie bei dem Brand für mich getan haben.«

Und dann ging sie zum Angriff über, um die günstige Gelegenheit nicht zu versäumen.

»Wo haben Sie mich eigentlich gefunden, Mr. Lorney?« fragte sie und sah dabei ihren Mann an.

Der Lord warf einen Blick auf den Wirt.

»Im Korridor, in der Nähe eines Fensters.«

Sie unterdrückte einen Seufzer der Erleichterung, denn Eddie schien keine Einwände machen zu wollen.

»Ich kann mich nur daran erinnern, daß ich aufwachte und leichten Brandgeruch wahrnahm«, entgegnete sie, ohne jemanden anzublicken. »Ich lief aus meinem Zimmer, um die anderen zu wecken, und dabei muß ich ohnmächtig geworden sein ... Das war allerdings äußerst überflüssig. Normalerweise kommt das auch nicht so leicht vor. Jedenfalls danke ich Ihnen sehr, Mr. Lorney.«

Sie nahm eine Zigarette aus ihrem Etui.

»Kannst du mir bitte Feuer geben, Eddie?«

»Hast du denn dein Feuerzeug verloren?«

Eddie Arranways hielt Geschenke, die er selbst gemacht hatte, für besonders wertvoll, und er hatte ihr erst vor kurzem das kostbare Feuerzeug mitgebracht.

»Wodurch ist eigentlich das Feuer entstanden? Weiß man das schon?« erkundigte sie sich, ohne auf seine Frage einzugehen.

»Jemand hat eine brennende Zigarette fallen lassen. Wenigstens ist das die Ansicht der Polizei«, gab Eddie kühl zur Antwort. »Ich dachte, Keller raucht keine Zigaretten.«

Sie lächelte rätselhaft.

»Nun, vielleicht tut er es manchmal doch. Oder vielleicht war es auch eine Zigarre, die noch brannte und die er in den Papierkorb warf.«

Arranways sagte nichts darauf, aber er beobachtete sie, als sie in den Garten hinausging. Der Regen hatte jetzt aufgehört. Mary verschwand bald auf dem Gartenweg, der zu einem Wäldchen hinüberführte.

Eine Zigarre im Papierkorb! Woher wußte Mary, daß das Feuer in dem Papierkorb von Kellers Zimmer entstanden war? Er hatte ihr doch nichts darüber gesagt! Die Sache kam ihm jetzt noch verdächtiger vor. In der Londoner Wohnung war auch schon einmal ein Feuer entstanden, weil Mary eine brennende Zigarette achtlos neben eine Gardine geworfen hatte.

»Ich wollte Ihnen noch etwas erzählen, Mr. Lorney«, unterbrach der Lord seine Gedanken über Marys Verhalten. »Der ›Alte‹ wurde vorige Nacht in der Nähe des Schlosses gesehen.«

»Wir hätten ihn verfolgen sollen«, meinte Lorney. »Wahrscheinlich ist er jetzt wieder entkommen.«

»Aber wissen Sie, was das Merkwürdigste ist? In der Nacht vor dem Brand wurde im Schloß wieder eingebrochen, und zwar hat der ›Alte‹ – denn der muß es ja gewesen sein – einen goldenen Becher zurückgebracht, den er mir zusammen mit anderem goldenem und silbernem Tafelgeschirr vor einiger Zeit gestohlen hat.«

Lorney sah Lord Arranways groß an.

»Aber das ist doch nicht möglich! Sind Sie sicher?«

»Der goldene Becher stand auf dem Tisch in der Eingangshalle, als ich herunterkam. Übrigens hat der ›Alte‹ in der letzten Zeit Sachen im Wert von etwa viertausend Pfund wieder zurückgebracht.«

»Und da fragen sich die Leute«, entgegnete der Wirt kopfschüttelnd, »ob der ›Alte‹ verrückt ist! Also, ich für meinen Teil kann das Märchen von dem ›Alten‹ nicht glauben. Meiner Meinung nach ist er in der Nacht umgekommen, in der er aus der Irrenanstalt ausgebrochen ist. Irgend jemand spielt hier den ›Alten‹ und versteckt sich hinter seiner Maske.«

»Haben Sie ihn etwa noch nie gesehen?« fragte der Lord. »Hier ist doch jeder überzeugt, ihn schon einmal gesehen zu haben.«

Der Wirt schüttelte den Kopf.

»Dann haben Sie ihn in der Nacht, als das Feuer ausbrach, auch nicht gesehen?« beharrte der Lord.

»Ich bin kurz nach Mitternacht von Guildford abgefahren und habe niemanden auf der Straße getroffen. Merkwürdigerweise mußte ich an den ›Alten‹ denken, als ich an der Irrenanstalt vorbeikam. Dort ist jetzt ein Pförtner angestellt, der öfter bei mir ein Glas Bier trinkt. Ich unterhielt mich eine Weile mit ihm – natürlich über den ›Alten‹ –, aber selbst habe ich ihn nicht gesehen.«

Lorney drehte sich plötzlich um und fuhr Mrs. Harris an, die mit größter Anteilnahme zuhörte.

»Nun stehen Sie nicht immer herum und interessieren Sie

sich nicht für Dinge, die Sie nichts angehen. Machen Sie lieber, daß Sie mit Ihrer Arbeit weiterkommen!«

Lord Arranways stand noch unschlüssig am Fuß der Treppe. Die ganze Zeit schon lag ihm eine Frage auf der Zunge, aber die Anwesenheit von Mrs. Harris machte es ihm unmöglich, sie zu äußern. Schließlich wurde jedoch der Wunsch, endlich alle seine Zweifel beseitigt zu sehen, übermächtig in ihm, und er wandte sich an Mr. Lorney.

»Sagen Sie mir, Mr. Lorney, ist Ihr Bericht von den Ereignissen bei dem Brand – ich meine, wo und wie Sie meine Frau gefunden haben – auch wirklich wahr?«

Mrs. Harris kam ein paar Schritte näher.

Lorney sah den Lord fest an.

»Vollkommen.«

»Vollkommen«, wiederholte Mrs. Harris leise.

Der Wirt wandte sich wütend nach ihr um.

»Sind Sie immer noch hier? Wollen Sie, daß ich Sie 'rauswerfe?«

»Ach, das ist mir jetzt auch egal«, rief sie ärgerlich. »Alle Leute, die geholfen haben, Sachen aus dem Schloß zu retten, haben Geld dafür bekommen, nur ich nicht.«

»Sie haben auch nichts hinausgetragen! Machen Sie mir doch nichts vor.«

Das war zuviel für Mrs. Harris. Mit der flachen Hand schlug sie auf den Tisch, daß es knallte.

»Das wird ja immer schöner! Es waren zwei nackte junge Männer –«

»Was . . .?«

»– in dicken Goldrahmen. Ich habe sie kaum heben können.«

»Ach so – Bilder!« sagte der Wirt. »Das glaube ich nicht, denn es hat Sie niemand gesehen –«

Er brach plötzlich ab, denn Captain Rennett kam aus dem Billardzimmer und ging durch die Diele ins Freie.

»Der Herr hat mich gesehen!« erklärte Mrs. Harris triumphierend. »Er stand keine zehn Schritt von mir entfernt, als ich die Bilder an einen Baum lehnte.«

»Was – Captain Rennett?«

»Ich weiß nicht, wie er heißt, aber jedenfalls hat er mich gesehen.«

»Er war doch an dem Abend noch gar nicht hier«, erwiderte der Wirt ungerührt. »Durch Lügen verschaffen Sie sich auch kein Geld.«

»Er war hier. Ich habe ihn mit eigenen Augen gesehen«, rief sie wütend. »Der andere Herr kann beweisen, daß er hier war.«

»Welcher Herr?«

»Der junge Herr, der doch der Bruder von Lady Arranways ist.«

»Mr. Mayford?«

In diesem Augenblick trat Dick in die Diele, und John ging auf ihn zu.

»Haben Sie Mr. Rennett bei dem Brand in der Nähe des Schlosses gesehen, Mr. Mayford?«

»Wer ist denn Mr. Rennett?« fragte Dick und fügte gleich hinzu: »Sie meinen doch nicht den großen, etwas korpulenten Herrn? – Ja, der war tatsächlich dort.«

»Aber der ist doch erst heute morgen angekommen«, murmelte Lorney verwirrt.

»Der ist schon eine Weile hier«, sagte Dick bestimmt. »Er war auch in Rom, als wir dort waren, ebenso in Berlin und vorher auch in Wien. Der Mann hat uns den ganzen letzten Monat verfolgt. Ich möchte nur gern wissen, warum.«

»Ich verstehe Captain Rennett auch nicht ganz«, sagte Lorney schließlich. »Es ist jetzt etwas über ein Jahr her, daß er hier war. Damals hatte ich das Gefühl, als beobachtete er mich. Ich begegnete ihm an den sonderbarsten Stellen. Selbst wenn ich Einkäufe in Guildford machte, tauchte er plötzlich dort auf. Und meine Gäste interessierten ihn auch so merkwürdig, obwohl ich damals viel weniger hatte als jetzt.«

Eine längere Pause trat ein.

»Trotzdem habe ich ihn ganz gern«, fuhr der Wirt dann fort. »Er hat so was Vernünftiges, Weitgereistes, und das trifft man hier nicht oft.«

»Haben Sie Lady Arranways gesehen?« fragte Dick plötzlich.

»Soviel ich weiß, ist sie draußen. Sie wollte wohl ein bißchen spazierengehen.«

»Ist Miss Jeans bei ihr?«

Dick wollte dies so gleichgültig wie möglich fragen, aber es klang dringlicher, als ihm lieb war.

»Nein, sie ist in ihrem Zimmer. Soll ich sie holen lassen?«

»Nein, danke. Sie sagte nur, sie wollte heute nachmittag in den Wald gehen, und ich weiß nicht, ob es sicher genug ist, wenn sie allein geht.«

John Lorney lächelte.

»Sie denken wohl an den ›Alten‹?«

Dick sah so besorgt aus, daß Lorney es sich nicht verkneifen konnte, ihn zu fragen: »Sie scheinen ja schon gut mit ihr befreundet zu sein?«

Dick ärgerte sich über den ironischen Ton dieser Frage.

»Sie wissen ganz gut, daß das nicht der Fall ist«, sagte er gereizt.

»Nun, nun. Nehmen Sie es nicht so tragisch, Mr. Mayford. – Was mir viel mehr Sorgen macht, ist nicht der ›Alte‹, sondern ein junger Mann«, beschwichtigte der Wirt seinen Gast. »Schließlich habe ich die Verantwortung für Miss Jeans.«

Dick sah ihn neugierig an.

»Sie sind ein seltsamer Mann, Mr. Lorney. Ich freue mich, daß Sie so besorgt um sie sind. Ich würde auch alles für sie tun.«

Dick ging zu seinem Schwager hinauf und fand ihn bei der

Erledigung seiner Korrespondenz. Eddie sah alt und vergrämt aus, und seine Stimme klang scharf und gereizt.

»Mary? Ich weiß nicht, wo sie ist. Ich habe heute nur kurz mit ihr gesprochen. Gestern war sie sowieso die ganze Zeit im Bett.«

»Ich dachte, ihr würdet in die Stadt fahren?«

»Ja, ich tue es nachher. Mary will noch hierbleiben.«

Er lehnte sich in seinem Sessel zurück und sah Dick stirnrunzelnd an.

»Erinnerst du dich noch an das Armband, das Mary damals in Berlin verloren hat?«

Dick nickte. »Es ist gefunden worden, nicht wahr?«

»Ja – und nun haben wir auch feststellen können, wer es an den Juwelier verkauft hat. – Mr. Keller.«

Dick sah ihn entgeistert an.

»Aber das ist doch nicht möglich! Mary kann es ihm doch nicht gegeben haben!«

»Sie hat es ihm auch nicht gegeben – er hat es sich genommen.«

Dick verstand nicht gleich die volle Bedeutung dieser Worte.

»Aber es verschwand doch in der Nacht aus ihrem Schlafzimmer. Und die Tür war verschlossen –«

Er schwieg plötzlich.

»Nun«, fuhr der Lord fort, »sieh dir bitte mal das hier an.«

Er zog eine Schublade auf und nahm ein Feuerzeug heraus.

Dick erkannte es sofort.

»Das habe ich Mary geschenkt«, sagte der Lord, »und sie hat es immer bei sich gehabt. Die Polizei glaubt, daß das Feuer dadurch entstanden ist. Es muß von der Tischkante in den Papierkorb gefallen sein und sich beim Fall geöffnet und entzündet haben. Das Feuerzeug wurde in Kellers Zimmer gefunden.«

Dick schwieg.

»Na, wenigstens behauptest du nicht auch, Keller habe es von Mary geliehen«, fuhr der Lord sarkastisch fort. »Ich habe nämlich mit Marys Mädchen gesprochen, und die sagte ausdrücklich, Mary habe das Feuerzeug in der Tasche ihres Morgenrockes gehabt. Zwar wissen wir nicht, wo der Morgenrock geblieben ist, aber das Feuerzeug wurde in Kellers Zimmer gefunden.«

Dick versuchte verzweifelt, gegen seine eigene Überzeugung anzukämpfen.

»Aber du kannst doch nicht völlig sicher sein, Eddie! Es kann doch auf irgendeine andere Art in sein Zimmer gekommen sein. Vielleicht hat sie es ihm tatsächlich geliehen. Das Mädchen kann sich auch geirrt haben. – Warum fragst du nicht Mary selbst? Das ist doch der einfachste Weg, die Angelegenheit aufzuklären.«

Eddie lächelte verächtlich.

»Was meinst du, wie viele Lügen ich schon von ihr zu hören bekommen habe? Auf eine mehr kommt es ihr jetzt auch nicht an.«

»Eddie, jetzt werde bitte mal vernünftig! Du bist in einer Stimmung, daß du sogar die Wahrheit für Lüge halten würdest.«

Der Lord antwortete nichts darauf. Er brauchte im Augenblick eine Bestätigung seines Verdachtes, und obgleich er verstand, daß er sie nicht von dem Bruder seiner Frau erwarten durfte, hätte er doch gewünscht, daß Dick sich unparteiischer verhielte.

»Aber das mit dem Armband müßte man Mary doch eigentlich sagen«, meinte Dick. »Vielleicht hat sie es gar nicht auf ihr Zimmer genommen. Es kann ihr doch schon vorher gestohlen worden sein.«

»Dann erzähl du es ihr bitte. Ich bin momentan nicht imstande, mit ihr über diese Angelegenheit zu sprechen.«

Als Dick auf den Gang hinaustrat, fiel sein Blick gerade noch auf den Mann, von dem sie soeben gesprochen hatten. Keller zog sich sofort wieder in sein Zimmer zurück und schloß die Tür hinter sich, denn in diesem Augenblick hatte er keine Lust, Marys Mann oder ihrem Bruder zu begegnen. Zu dumm, sich ausgerechnet jetzt mit ihr verabredet zu haben!

Er trat auf den Balkon hinaus und sah dort Anna Jeans, die in einem Liegestuhl lag und las. Als sie ihn erblickte, klappte sie das Buch zu und erhob sich.

»Warum haben Sie es denn so eilig?« fragte Keller, nahm das Buch auf und las den Titel.

Sie antwortete nicht, sondern ging in ihr Zimmer und schloß die Balkontür hinter sich.

Aber ihre Art, ihn abzuweisen, reizte ihn nur noch mehr, sich mit ihr zu beschäftigen. Er hatte das Gefühl, daß sie sich aus irgendeinem Grund vor ihm fürchtete, und das schmeichelte ihm. Nichts war ihm verhaßter, als wenn eine schöne Frau ihm gegenüber gleichgültig blieb.

Er schlenderte die Treppe hinunter und zu dem Gartenhaus, das am Ende des Grundstücks stand.

Dort wartete Mary auf ihn. Ohne ein Wort zu verlieren, reichte sie ihm das Bündel Banknoten, das sie heute morgen von Mrs. Harris hatte holen lassen. Sie saß in einem Korbsessel und sah ihn scharf an.

»Weißt du, daß ich dich gestern den ganzen Tag nicht zu sehen bekommen habe?« sagte er und verstaute das Bündel in seiner Brieftasche. »Also, das war wirklich eine tolle Sache, findest du nicht auch? Beinah' wären wir erwischt worden.«

»Ich möcht' nur wissen, warum ich mich auf so was eingelassen habe«, sagte sie achselzuckend.

Er lächelte. »Nun, wahrscheinlich aus Liebe.«

Sie lachte bitter.

»Wenn das deine Erklärung dafür ist...« Ihr Gesicht wurde immer abweisender. »Es gibt Männer, die ich immer verabscheut und gehaßt habe. Elegant und höflich, aber charakterlich unmöglich!«

»Gilt das mir, Liebling?«

Sie nickte nur.

Er holte noch einmal seine Brieftasche heraus und warf einen Blick auf das Geld. Dann steckte er sie wieder ein. Diese Geste schien sie zu belustigen.

»In Ägypten habe ich dir doch tatsächlich das Märchen geglaubt, das du von der großen Farm in Australien erzählt hast.«

Er sah sie unsicher an.

»Was willst du damit sagen? Das stimmt doch –«

»Ich will damit sagen, daß du gar keine Farm hast«, entgegnete sie ruhig. »Als ich in London war, habe ich auf einer Party einen der höchsten Beamten von Australien getroffen und mir den Spaß gemacht, ihn nach dir und deiner Farm zu fragen. Nicht weil ich dir nicht traute, sondern aus Neugierde. Es gibt allerdings einen Mr. Keller, der eine große Farm hat, aber der ist siebzig Jahre alt.«

»Mein Vater –«, begann er leichthin, aber sie unterbrach ihn.

»Der einzige Sohn von Mr. Keller ist der Herr, mit dem ich über dich sprach«, sagte sie spöttisch. »Pech, was?«

Einen Augenblick verlor er die Fassung.

»Es gibt aber doch mehrere Familien Keller in Australien!« rief er verzweifelt.

»Ach, laß doch endlich mal das Lügen!« schrie sie ihn fast an. »Es ist doch völlig egal, ob du arm oder reich bist.«

»Wenn ich nur herausbekommen könnte, was eigentlich in der Brandnacht passiert ist«, versuchte er das Thema zu wechseln. »Ich war halb bewußtlos von dem Qualm. Das kommt schließlich bei diesem verdammten Rauchen heraus, meine Liebe.«

Mary verzog das Gesicht, als ob sie auf etwas Bitteres gebissen hätte.

»Ich kann mich ja auch an nichts mehr erinnern«, murmelte sie nach einer Weile. »Wenn ich nur sicher sein könnte, daß Eddie . . .« Sie schwieg.

»Glaubst du, daß er was weiß?« fragte Keller.

Sie schüttelte den Kopf. »Ich kann es eben nicht genau sagen . . . Bist du ihm schon begegnet?«

Er dachte einen Augenblick nach.

»Nein«, sagte er dann, und sie merkte ihm seine Unsicherheit an.

»Hast du etwa Angst vor Eddie?« fragte sie spöttisch. »Du weißt ja, daß er in Indien aus Eifersucht beinahe einen Mann erschossen hat.«

»Mich wollten schon viele Leute umbringen«, erwiderte er obenhin. »Deswegen laß' ich es mir doch gut gehen. Einmal ist mir ein Mann um die halbe Welt nachgereist, aber schließlich hat er es aufgegeben, weil es ihm zu langweilig wurde.«

»Ein Ehemann?«

Er schüttelte den Kopf.

»Nein, das war mein Schwiegervater – ein sehr unangenehmer Patron. An sich war die Sache völlig okay. Ich war mit seiner Tochter, einer reichlich exaltierten jungen Dame, verheiratet. Sah ganz toll aus, hatte aber 'nen Spleen, und zwar gehörig.«

Mary sah ihn nachdenklich an.

»Das scheint ja eine unerfreuliche Geschichte gewesen zu sein. Wie ging sie denn aus?«

Er zog die Schultern hoch.

»Wie soll sie schon ausgegangen sein? Meine damalige Frau machte einen niedlichen kleinen Mordversuch – mit einem Küchenmesser. Wirklich eine unerfreuliche Geschichte, wie du schon gesagt hast.«

Sie nahm eine Zigarette aus ihrem Etui und zündete sie an.

Trotzdem entging ihr nicht, daß er heimlich zum Gasthaus hinübersah. Für einen Mann von seiner Erfahrung war er wirklich reichlich nervös.

»Mußt du gehen?« fragte sie höflich.

»Ja – ich hab' eigentlich eine Verabredung mit einem Bekannten.«

»Himmel, hör doch mit dem Lügen auf! Außer Eddie und Dick kennst du hier doch niemanden. Und mit denen stehst du sowieso nicht gut genug, als daß du dich mit ihnen verabreden könntest.«

Keller war aus dem Gartenhaus getreten und überblickte den Rasen, der sich bis zum Gartenhaus erstreckte. Auf dem Balkon sah er Anna entlanggehen. Sie beugte sich über das Geländer, als suche sie jemanden. Es war nicht anzunehmen, daß sie ihn meinte – sicher hielt sie nach Dick Mayford Ausschau.

»Du kannst gehen.«

Marys Worte klangen eher wie ein Befehl. Keith zuckte zusammen. In dieser Beziehung war er äußerst empfindlich. Die Verachtung, die er in ihrer Stimme hörte, war das Schlimmste, was ihm passieren konnte. Er wollte nämlich, daß selbst die Leute, die er schlecht behandelte, gut über ihn dachten.

»Du langweilst mich; du kannst wirklich gehen«, wiederholte sie. »Du hattest doch eine ›Verabredung‹! – Wann fährst du eigentlich nach London?«

Er gab eine ausweichende Antwort. Seine Augen suchten den Balkon ab. Würde Anna die äußere Treppe herunterkommen oder durch die Diele hinausgehen?

»Du bist heute schlechter Stimmung, Liebling«, sagte er etwas zerstreut.

Da riß ihr die Geduld. Sie stand auf und stellte sich neben ihn. Schweigend standen sie eine Weile vor dem Gartenhaus, als plötzlich Anna Jeans hinter den Weißdornhecken, die den Garten einfaßten, vorbeiging.

»Ach so!« sagte Mary wütend. »Ich dachte wirklich nicht,

daß du soviel Abwechslung brauchst.« Der Unterton in ihrer Stimme hätte ihn warnen sollen. »Ich würde an deiner Stelle vorsichtiger sein. Dick hat etwas für sie übrig, und du hättest wirklich nichts zu lachen, wenn zwei Mitglieder derselben Familie mit dir abrechnen würden.«

Er zwang sich zu einem Lachen.

»Ach, du meinst Anna Jeans? Sei doch nicht verrückt. Sie ist ein Kind, ein nettes kleines Mädchen, aber doch nicht – mit dir zu vergleichen.«

»– nicht dein Typ. Das wolltest du doch sagen, nicht wahr? Ich erinnere mich, daß du mir das schon mal gesagt hast.«

Mary war gefährlich liebenswürdig, und hätte er sie jetzt angesehen, so wäre er überrascht gewesen, wie sie sich verändert hatte.

»Ich gehe jetzt ins Haus zurück«, sagte Keller. »Es ist nicht gut, wenn wir zusammen gesehen werden. Übrigens noch vielen Dank für das Geld.«

»Wieviel hast du eigentlich mittlerweile von mir bekommen?« fragte sie spitz.

»Sei doch nicht so gemein.«

»Ich glaube, fünfzehnhundert Pfund ist nicht zu hoch gegriffen. Jetzt habe ich noch tausend auf der Bank. Das ist alles, was ich besitze.«

Er starrte sie an. Sein Entsetzen war so groß, daß sie lachen mußte.

»Nicht wahr, jemand – sicher die Dame im ›Excelsior‹ – hat dir erzählt, daß ich reich wäre; aber das stimmt nicht! Eddie hat ein großes Vermögen, aber ich habe nur ein kleines Erbteil.«

Er erkannte auf den ersten Blick, daß sie die Wahrheit sagte, und das war ein schwerer Schlag für ihn.

»Was ich von jetzt an auch tue«, sagte Mary, »das tue ich mit offenen Augen.«

Er schluckte.

»Geld bedeutet keinen Unterschied für mich –«

Sie lachte.

»Damit kannst du mich heute nicht mehr fangen. Bitte, geh jetzt. Ich will mit Eddie sprechen.«

Nun ging er so schnell, daß es fast beleidigend wirken konnte, wenn sie nicht schon längst über so etwas hinweggesehen hätte. Langsam begab sie sich ins Haus. Das Gespräch mit ihrem Mann, das sie so fürchtete und das sie so lange vermieden hatte, war nun nicht mehr zu umgehen.

Der Lord saß auf einem Stuhl vor dem Bett. Auf der Decke waren mehrere merkwürdig aussehende Dolche und Messer ausgebreitet. Mr. Lorney hatte die Sammlung kurz vorher heraufgebracht.

Lord Arranways sah über die Schulter zur Tür, als sie eintrat.

»Nun, geht es dir besser?« fragte er höflich.

Sie zog sich einen Stuhl heran und nahm Platz.

»Ja, danke. – Was hast du eigentlich, Eddie?« fuhr sie nach einer Weile fort.

»Nichts.«

Er war so mit seinen Messern und Dolchen beschäftigt, daß sie sich nicht getraute, ihn zu stören. Aber schließlich wagte sie noch einen Vorstoß.

»Eddie, ich glaube, du weißt nicht viel über Frauen.«

»Jedenfalls mehr, als ich wissen möchte«, erwiderte er, ohne sich umzudrehen.

»Ich dachte an deine erste Frau. Vielleicht war es doch nur ein Flirt. Sie hat dich wahrscheinlich trotzdem sehr geliebt – genau wie ich.«

Er wandte sich nach ihr um.

»Genau wie du?« wiederholte er. »Das höre ich natürlich gerne – aber hältst du es denn für möglich, mit einem anderen Mann zu flirten und mich trotzdem zu lieben?«

Sie nickte.

»Wie weit kann denn ein solcher Flirt deiner Meinung nach gehen?«

Als sie nicht antwortete, sprach er weiter.

»Bleibt es auch dann noch ein Flirt, wenn die Dame ihr Feuerzeug in dem Zimmer des anderen Mannes zurückläßt, oder wenn sie ihm Gelegenheit gibt, sich ihr Armband anzueignen, das auf ihrem Toilettentisch liegt?«

Sie starrte ihn mit großen Augen an, unfähig, einen Ton herauszubringen.

»Der Mann, der dein Armband an den Juwelier verkauft hat, war Mr. Keller«, fuhr er unbarmherzig fort. »Die Polizei hat die ganze Sache aufgedeckt.«

»Ausgeschlossen!« rief Mary entsetzt.

Arranways lächelte resigniert.

»Ja, es wäre ausgeschlossen, wenn du allein in deinem abgeschlossenen Zimmer gewesen wärst und wenn es keinen anderen Zugang gegeben hätte. Aber es war möglich – unter anderen Umständen.«

Sie nahm sich zusammen und versuchte, der Situation Herr zu werden.

»Aber das ist doch absurd, Eddie! Du bist doch nicht etwa auf Keller eifersüchtig. Wenn ich deine Anschuldigungen ernst nähme, dann würde ich nicht eine Minute länger bei dir bleiben.«

Auch diesmal erhielt der Lord nicht die so sehnlich erhoffte und doch so gefürchtete Bestätigung seines Verdachts. Mary zeigte keine Erregung. Ihre Stimme klang klar, und sie versuchte sogar zu lächeln.

»Jedenfalls wäre es besser, wenn Keller nach London ginge. Wir können natürlich nicht mehr mit ihm verkehren«, meinte Eddie.

»Das wäre ja schließlich kein großer Verlust«, sagte seine Frau beinahe erleichtert. »Er fällt mir sowieso auf die Nerven, oder besser – du fällst mir auf die Nerven mit deinen ewigen Verdächtigungen. – Warum sprichst du eigentlich nicht mit ihm selbst darüber?«

»Es gibt verschiedene Gründe, die mich zwingen, davon abzusehen«, sagte er in seiner trockenen Art.

Mary öffnete die Glastür und trat auf den Balkon hinaus. Weit hinter dem Gartenhaus sah sie gerade noch, wie Keller im Wald verschwand. Er ging sehr schnell, so als ob er es eilig hätte, jemanden einzuholen.

Lady Arranways holte tief Atem.

»Ich bin in meinem Zimmer, wenn du mich sprechen willst!« rief sie durch die Tür ihrem Mann zu.

Er erwiderte etwas, aber sie konnte ihn nicht verstehen.

9

Menschen, die man eigentlich gern hat, können einem doch manchmal auf die Nerven gehen, wenn sie in ihrer Hilfsbereitschaft zu aufdringlich sind.

Anna mochte John Lorney wirklich gern, aber noch lieber wäre er ihr gewesen, wenn er seine Pflicht, als ihr Beschützer aufzutreten, nicht gar so ernst genommen hätte. Sie lebte schließlich ihr eigenes Leben, hatte viel Bekannte und war schon weit herumgekommen. Aber ihm war natürlich die Welt, in der sie lebte, ziemlich fremd, und während der Zeit, die sie bei ihm verbrachte, lernte er auch nicht viel von ihrem eigentlichen Leben kennen. Allein die vielen Briefe und Karten, die sie täglich erhielt, erregten sein lebhaftes Interesse. Er fragte sich oft, wer ›Alice‹ und ›Boy‹ sein mochten und ob ›Ray‹ ein Herr oder eine Dame war.

Es gefiel ihr, daß Mr. Lorney sich um sie kümmerte, aber

deswegen brauchte er sie nicht ständig wie ein kleines Kind zu behandeln.

»Miss Anna, Sie gehen doch nicht weit fort?«

Lorney sah von seinem Fremdenbuch auf, in das er gerade eine Eintragung machte, als sie durch die Diele ging.

»Bloß durch den Wald zum Steinbruch.«

Er warf einen Blick zur Treppe, als erwarte er dort jemanden zu sehen.

»Mr. Mayford fragte nach Ihnen. An Ihrer Stelle würde ich mich ihm anschließen, wenn Sie im Wald spazierengehen wollen.«

Sie sah ihn mißtrauisch an. Es war nicht das erstemal, daß er ihr Dick als Begleitung empfahl. Sie fand den jungen Mann ja ganz nett, aber sie konnte es auch einmal eine Stunde ohne ihn aushalten.

»Ich möchte lieber allein sein«, erwiderte sie heftiger, als nötig gewesen wäre.

»Nun gut.«

Es tat ihr schon leid, daß sie so scharf geantwortet hatte, aber sie haßte es, irgend jemandem Rechenschaft über ihre Pläne geben zu müssen. John Lorney war ja nicht ihr Vormund.

Schnell ging sie durch den Garten; erst als sie im Wald war, verlangsamte sie ihr Tempo. Hier herrschte friedliche Stille. Dieser Teil des Gehölzes gehörte schon zum Schloß Arranways, aber die jeweiligen Besitzer des Gasthauses hatten das Recht, Bänke aufzustellen, und jeder durfte hier spazierengehen.

Anna brauchte Ruhe, um nachzudenken. Es war vor allem Dicks Verhalten, das sie sich nicht erklären konnte. Sie fand, er kümmerte sich in letzter Zeit auffallend wenig um sie. Sie hatte gehofft, er würde sie hier irgendwo erwarten, denn er wußte genau, daß und um welche Zeit sie fortgehen wollte, und das genügte ihrer Meinung nach für einen jungen Mann, der sich für sie interessierte.

Der Weg zog sich in langen Windungen hin, und als sie um eine Biegung kam, sah sie plötzlich Mr. Keller. Er ging ihr schnell entgegen. Sie sagte sich, daß es sinnlos war, an ihm vorbeizugehen, und blieb deshalb wartend stehen.

»Hallo!« rief er ihr in bester Laune zu, »ich bin schon durch den ganzen Wald gelaufen, um Sie zu suchen. Gut, daß Sie endlich kommen.«

»Haben Sie nicht Mr. Mayford gesehen?« fragte sie kühl. Sie fand, ein kleiner Dämpfer konnte ihm nichts schaden.

»Nein«, entgegnete er lächelnd, »aber ich glaube, er ist bei Eddie – ich meine, bei Lord Arranways. – Wohin wollen Sie jetzt gehen?«

»Zurück ins Gasthaus.«

Aber dann hatte sie das Gefühl, es sei besser, wenn sie nicht zu abweisend wäre, und setzte hinzu: »Im Wald ist es heute so langweilig, finden Sie nicht auch?«

»Nun, ich bin doch aber nicht langweilig – oder? Und gefährlich bin ich auch nicht. – Warum fürchten Sie sich eigentlich so vor mir?«

»Aber das ist doch lächerlich! Warum sollte ich mich denn vor Ihnen fürchten?«

Statt einer Antwort nahm er ihren Arm, obwohl nicht einzusehen war, warum sie nicht auf diesem glatten Waldweg hätte allein gehen können. Er tat es mit so absolut weltmännischer Gewandtheit, daß sie eigentlich anstandshalber nicht protestieren konnte. Auch ließ er sie sofort los, als sie nach ein paar Schritten versuchte, sich freizumachen. Er begann von Australien zu sprechen und schilderte das Leben im Busch in den lebhaftesten Farben.

Mr. Keller konnte wirklich ein glänzender Gesellschafter sein, wenn er es darauf anlegte. Ein Gespräch mit ihm war immer interessant.

Auf einer Waldwiese setzten sie sich schließlich auf eine Bank und beobachteten Eichhörnchen. Aber Mr. Keller beobachtete mehr Anna als die Eichhörnchen. Er überlegte, ob sie sich im Falle eines Annäherungsversuchs von seiner Seite wehren könnte oder wollte. Seine strategischen Fähigkeiten auf diesem Gebiet waren unübertroffen, aber in diesem Augenblick erkannte er, daß er durch rücksichtsvolles Vorgehen nichts erreichen würde. Er hatte wohl gemerkt, daß er eben einen günstigen Eindruck auf sie machte und nicht warten durfte, bis diese Stimmung verflogen war oder bis Dick Mayford ihn wieder in den Schatten stellte.

»Wissen Sie eigentlich, wie schön Sie sind?« fragte er unvermittelt.

In diesem Augenblick hätte sie aufstehen und gehen müssen. Aber Kellers offenkundiges Interesse, das, wie sie sicher war, schon Damen der großen Welt gegolten hatte, schmeichelte ihr, und außerdem war sie felsenfest davon überzeugt, jeder Situation gewachsen zu sein, was immer eine gefährliche Illusion ist ...

Mary Arranways sah, wie Anna verstört den Weg entlanglief, und war nicht erstaunt, denn sie hatte teilweise beobachtet, was geschehen war. Zufällig war sie am anderen Ende der Waldwiese spazierengegangen, und Keller hätte sie sehen können, wenn er überhaupt für irgend etwas anderes Interesse gehabt hätte außer für seinen neuesten Plan.

Anna lief, bis sie in die Nähe des Gartenhauses kam. Dort blieb sie stehen und brachte ihre Frisur in Ordnung. Sie zitterte und versuchte vergeblich, sich zu fassen.

John Lorney, der vor dem Gasthaus stand, beobachtete sie, und als sie eine Weile später die Treppe zum Balkon hinaufgehen wollte, sprach er sie an. Er konnte an ihrem Blick erkennen, was passiert sein mußte.

»Sind Sie gelaufen?« fragte er harmlos.

»Ja«, keuchte sie, noch immer außer Atem.

»Hat Sie jemand erschreckt?«

Sie schüttelte den Kopf und blickte sich um.

»Sie haben Ihren Hut verloren, nicht wahr?«

»Oh – ich habe ihn abgenommen. Wahrscheinlich habe ich ihm auf einer Bank liegengelassen.«

Sie ging schnell an ihm vorbei die Treppe hinauf und verschwand in ihrem Zimmer.

Mr. Lorney schaute ihr nachdenklich und besorgt nach. Dann kehrte er ins Haus zurück und klingelte Charles.

»Gehen Sie in das Zimmer von Mr. Keller und sehen Sie nach, ob er da ist.«

»Er ist nicht im Haus. Ich war gerade oben«, brummte der Kellner. »Vor einer Stunde ist er in den Wald gegangen.«

Lorney warf seine Zigarre in den Aschenbecher und nahm eine neue. Gleich darauf sah er, wie Keller durch den Garten schlenderte, und trat vor die Tür.

Keller trug einen Strohhut in der Hand.

»Gehört der einem Ihrer Gäste?« fragte er ruhig.

»Wo haben Sie ihn gefunden?«

Lorney nahm den Hut, ohne den Blick von Keller zu wenden.

»Er lag auf dem Boden im Wald. Vielleicht gehört er – wie heißt doch gleich das junge Mädchen – Miss Jeans?«

»Haben Sie sie denn gesehen?«

»Ja, ich habe jemanden gesehen – vielleicht war sie es.«

Er lächelte breit.

»Haben Sie sich schon einmal ihre Augenbrauen genauer angesehen?«

»Ich verstehe nicht – ihre Augenbrauen?«

Keller äußerte sich aber nicht weiter, sondern lachte nur noch einmal laut und ging hinauf zu seinem Zimmer. Als er oben auf dem Balkon angekommen war, lehnte er sich über das Geländer.

»Ich werde Ihnen heute abend einen Scheck geben, den Sie bitte für mich einlösen wollen. – Und was ich noch sagen wollte: Schauen Sie sich einmal spaßeshalber die Augenbrauen der jungen Dame an, wenn Sie ihr das nächste Mal begegnen.«

»Was hat denn der mit seinen Augenbrauen die ganze Zeit«, sagte Charles kopfschüttelnd.

»Kümmern Sie sich um Ihre Angelegenheiten«, erwiderte Lorney kurz angebunden, sah auf den Hut, den er noch in der Hand hielt, zögerte einen Augenblick, ging dann aber hinauf und klopfte an Annas Tür.

»Wer ist da?«

»Lorney. Ich bringe Ihren Hut.«

Ein kurzes Schweigen, dann wurde die Tür aufgeschlossen, und Anna streckte einen Arm heraus.

»Bitte geben Sie ihn mir.«

Er tat es, und schon im nächsten Augenblick war die Tür wieder zu und abgeschlossen. Nachdenklich ging Lorney die Treppe hinunter. Er hatte wohl gemerkt, daß ihre Stimme zitterte. Sie mußte geweint haben.

Augenbrauen? Was mochte Keller damit meinen? Seine Worte hatten richtig höhnisch geklungen.

Lorney spielte mit dem Barscheck, den er noch in der Hand hielt. Plötzlich sah er auf. Ihm war ein Gedanke gekommen. »Ich habe verstanden, Mr. Keller«, sagte er laut vor sich hin.

Charles zupfte ihn am Ärmel.

»Mr. Collett ist am Telefon. Er fragt, ob er für heute nacht ein Zimmer haben kann.«

»Collett?« wiederholte Lorney langsam. »Ja, natürlich kann er ein Zimmer haben.«

Lorney war gespannt, warum der sympathische Beamte von Scotland Yard gerade jetzt nach Sketchley kam.

10

Drei Stunden saß Anna Jeans in ihrem Zimmer, überlegte, plante und ärgerte sich. Sie wollte am nächsten Morgen abreisen. Lorney hatte sich wirklich zu wenig um sie gekümmert, redete sie sich in ihrem Ärger ungerechterweise ein. Es war doch seine Aufgabe, zu verhüten, daß ihr etwas passierte. Aber gleich darauf mußte sie sich sagen, daß er sie ja gewarnt hatte, allein in den Wald zu gehen. Ihm durfte sie keine Vorwürfe machen.

Sollte sie es ihm erzählen? Aber was sollte sie ihm erzählen? So viel war es ja gar nicht. Wenn ein erfahrener Mann und ein ziemlich unerfahrenes junges Mädchen sich auf eine einsame Bank setzen und über Liebe reden, kommt so was eben vor. Keller hatte sie plötzlich und unerwartet umarmt und geküßt. Ach, nein, ganz unerwartet war es auch nicht gewesen. Sie wußte, daß es so kommen würde, und sie hätte es auch vermeiden können, aber sie war ihrer selbst so sicher gewesen und hatte geglaubt, über der Situation zu stehen. Es war unerträglich! Diese Küsse – sie konnte die Erinnerung daran nicht loswerden.

Sollte sie es Mr. Lorney erzählen oder Dick? Nein, ihm konnte sie es am allerwenigsten sagen. Er würde Keller umbringen. Und Lorney fand wahrscheinlich gar nichts dabei! Anna war äußerst schlechter Laune.

Inzwischen war der neue Gast in Sketchley angekommen, und Lorney brachte sein Gepäck ins Haus.

Mr. Collett sah sich in der behaglich eingerichteten Diele um. Die neuen Möbel gefielen ihm außerordentlich, aber während Charles seine Koffer auf sein Zimmer trug, beklagte er sich, daß kein Feuer im Kamin brannte.

»Richtiges englisches Sommerwetter. Nachmittags ging es ja

noch, aber jetzt gegen Abend weht wieder ein Nordostwind wie im März. Ein gräßliches Land!«

»Wollen Sie hier Ihren Urlaub verbringen, Mr. Collett?«

»Oh, ich erhole mich eigentlich dauernd, Mr. Lorney. – Nein, ich bin beruflich hier. Was macht denn der ›Alte‹? Ich habe gehört, seine neueste Masche sei es, gestohlene Sachen wieder zurückbringen – und das Feuer im Schloß wird ihm ja auch in die Schuhe geschoben.«

Der Wirt mußte lachen.

»Ich muß Ihnen mal jemanden schicken, der sich für Märchen interessiert.«

Collett ließ sich den Tee in die Diele bringen und ging später trotz des schlechten Wetters noch aus, um sich die Ruinen von Schloß Arranways anzusehen. Außerdem wollte er sich aber auch noch mit ein paar Leuten unterhalten, die zwar nicht an Märchen, aber an die Existenz des ›Alten‹ glaubten. Er hatte drei Adressen von Personen, die ihn in der letzten Zeit gesehen hatten.

Collett stattete dem Farmhaus an der Ecke des Waldes einen Besuch ab, dann sprach er noch mit einem Arbeiter, der an der Ausfahrt des Dorfes wohnte, und danach suchte er den Pfarrer auf, der an der Straße nach Guildford bei einer Witwe lebte. Es stand also fest: Der ›Alte‹ war gesehen worden. Alle Aussagen stimmten mit der offiziellen Personenbeschreibung überein.

Er war gesehen worden, als das Tafelgeschirr zurückgebracht wurde. Und das Seltsamste an der Geschichte war, daß alle Gegenstände gut geputzt und sorgfältig verpackt waren, wie er von anderer Seite erfuhr.

Collett überschlug in Gedanken die bisher erreichten Ergebnisse. Daraus ergab sich, daß der ›Alte‹ aus dem Wald von Sketchley gekommen sein mußte und auch wieder dahin zurückgekehrt war. Collett hatte den einzigen vorhandenen Plan von den Höhlen mitgebracht und engagierte auch noch einen älteren Mann, der im Sommer als Fremdenführer tätig war.

Als er zurückkam, war die Bar bereits geschlossen und die Diele nur noch durch eine Lampe erleuchtet. Lorney war ein sparsamer Mann, und in der Mitte der Woche war das Geschäft sowieso nicht besonders. Collett traf Charles, der zum Speisesaal ging, wo sich zwei Gäste in ihrer Einsamkeit nicht besonders wohl fühlten.

»Ist Lord Arranways hier?« fragte der Chefinspektor.

Der Kellner sah ihn finster an, denn er erkannte in Collett einen Mann, dem er früher nach Möglichkeit aus dem Weg gegangen war, mit dem er aber verschiedentlich unangenehme Begegnungen gehabt hatte. Allem Anschein nach war das Erkennen jedoch nicht gegenseitig, denn der Beamte ließ in keiner Weise merken, daß er einen Bekannten vor sich hatte.

»Der Lord ist heute nachmittag nach London gefahren und hat seinen Schlüssel mitgenommen«, erklärte Charles unfreundlich und ging dann in den Speisesaal. Das Tablett zitterte in seinen Händen.

Collett lächelte leicht. Es wunderte ihn, daß Lorney einem alten Verbrecher eine derartige Chance gab.

Gleich darauf erschien Mrs. Harris in schwarzem Kleid, weißer Servierschürze und weißem Häubchen auf dem Haar. Collett konnte sie eigentlich nicht ausstehen, weil sie so entsetzlich gesprächig war.

»Sind Sie auch noch hier?« fragte er sie trotzdem freundlich.

Sie strahlte ihn an. Mrs. Harris war die Tochter eines Polizeibeamten und wußte die Aufmerksamkeit von einem hohen Kollegen ihres Vaters zu schätzen.

»Wer ißt denn dort drüben?« erkundigte sich Collett weiter.

»Miss Jeans und Mr. Mayford.«

»Ist übrigens Lady Arranways auch in die Stadt gefahren?«

Mrs. Harris sah ihn vorwurfsvoll an.

»Ich weiß doch nicht, was Mylady vorhat. Es hat keinen Zweck, daß Sie mich fragen. Sie sind ja auch nicht besser als der amerikanische Herr«, sagte sie.

»Ach, etwa Mr. Rennett? Den muß ich auch noch sprechen. Wo ist er denn?«

»Ausgegangen.«

Mrs. Harris warf einen kurzen Blick ins Speisezimmer, dann kam sie zu Collett zurück und fragte leise: »Warum sind Sie hergekommen? Ist etwas passiert, worum sich Scotland Yard kümmern muß?«

»Es passiert immer etwas, worum sich die Polizei kümmern muß«, erwiderte er gutgelaunt. »Vor allem will ich meinen alten Freund wiedersehen.«

»Den ›Alten‹?« fragte sie und runzelte die Stirn. »Ich glaube nicht, daß er überhaupt noch lebt. Sie etwa? Aber hier haben ja immer noch alle Leute Angst. Sie fürchten sich vor ihrem eigenen Schatten!«

Sie trat schnell hinter die Theke, und Collett vermutete, daß Lorney in der Nähe war. Als er aufsah, entdeckte er ihn oben auf der Galerie. Für sein Gewicht hatte der Mann wirklich einen außerordentlich leichten Schritt. Er hielt einen Gegenstand in der Hand, der die Aufmerksamkeit des Kriminalbeamten magisch auf sich zog.

»Was haben Sie denn da, Mr. Lorney? – Wollen Sie zu einem Maskenball?«

Der Wirt lächelte, als er ihm den langen Dolch in der Samtscheide zeigte.

»Er gehört Lord Arranways«, erklärte er. »Er sammelt solche Waffen. Haben Sie schon einmal von Aba Khan gehört? Bis heute wußte ich noch nichts von ihm, aber Lord Arranways hat mir die tolle Geschichte erzählt.«

Er zog den Dolch aus der Scheide und prüfte die Klinge.

»So scharf, daß man sich damit rasieren könnte.«

Collett betrachtete die Waffe neugierig.

»Was machen Sie denn damit?«

Lorney erklärte ihm, daß die Waffensammlung vom Schloß herübergebracht worden war. Den Dolch hatte er in der Diele gefunden. Wahrscheinlich hatte ihn der Lord dort liegengelassen, er war manchmal etwas zerstreut.

»Ich will eben den Schlüssel zu seinem Zimmer holen, um die Waffe wegzuschließen.«

»Ist Lord Arranways denn nicht hier?«

»Nein, er ist in die Stadt gefahren. Morgen kommt er vielleicht wieder zurück.«

Collett steckte die Klinge in die Scheide und gab sie Lorney zurück. Er wartete, bis der Wirt wieder unten war und den Schlüssel angehängt hatte, dann bat er ihn, mit in sein Zimmer zu kommen, da Mrs. Harris schon wieder Gläser putzte.

»Hier hat es inzwischen Schwierigkeiten bei den Arranways gegeben?« sagte er in fragendem Ton.

»Woher wissen Sie denn das?«

»Ich habe so meine Quellen. Wer ist denn an der Sache schuld? Etwa der Mann, den sie aus Ägypten mitgebracht haben?«

Lorney zuckte die Achseln.

»Ich weiß nur sehr wenig davon. Die Leute im Dorf tratschen ja, daß einem die Haare zu Berge stehen.«

Collett kniff die Augen zusammen.

»Sie haben der Lady doch das Leben gerettet, als das Haus abbrannte. Wo haben Sie sie nun eigentlich wirklich gefunden?«

Lorney sah den Kriminalbeamten mit seinen kalten grauen Augen ruhig an.

»Haben Sie sich pensionieren lassen, Mr. Collett?«

»Warum?«

»Nun, ich habe häufig beobachtet, daß Beamte von Scotland Yard sich nach ihrer Pensionierung als Privatdetektive betätigen. Ich verstehe nicht viel davon, aber so viel Ahnung habe ich doch, daß ich weiß, sie beschäftigen sich dann gern damit, für Ehegatten zu arbeiten, die sich betrogen fühlen.«

Collett starrte ihn einen Anblick verblüfft an, dann lachte er leise.

»Nein, nein, ich bin noch im Dienst. Aber Sie haben völlig recht, die Sache geht mich nichts an. – Also, wenn ich von London angerufen werden sollte: Ich bin hier oben.«

Lorney wollte hinausgehen.

»Übrigens«, fügte Collett noch hinzu, »wie heißt eigentlich Ihr Kellner?«

»Mr. Collett, Sie kennen seinen Namen genauso gut wie ich, und Sie wissen auch über seine Vergangenheit Bescheid. Ich versuche, ihm wieder auf die Beine zu helfen. Haben Sie etwas dagegen?«

Lorney konnte recht unfreundlich sein, aber Collett nahm es ihm nicht übel, denn er bewunderte ihn im stillen.

11

Dick Mayford und Anna Jeans saßen sich beim Essen gegenüber. Es war ziemlich einsilbig verlaufen, aber als Charles den Kaffee gebracht hatte, hielt Dick es nicht mehr aus.

»Anna, haben Sie heute etwas Unangenehmes erlebt – im Wald? Ich sah, wie Sie zurückkamen.«

»Wenn Sie gesehen hätten, wie ich wegging, wäre es besser gewesen«, erwiderte sie vorwurfsvoll.

»Was ist denn passiert?«

Sie antwortete nicht, und er wiederholte seine Frage.

»Ach nichts – nichts, was Sie angeht.« Sie lehnte sich plötzlich vor. »Ich habe mich immer gewundert, daß Leute andere Menschen umbringen können. Das war mir unbegreiflich. Sooft ich von einem Mord las, hatte ich das Gefühl, daß er in einer anderen Welt passiert sein müßte, mit der ich nichts zu tun habe. Aber jetzt weiß ich wenigstens, wie man zu so etwas kommen kann.«

Sie sprach leise, aber ihre Stimme klang nicht ganz fest. Dick war sprachlos über die Leidenschaft, die er hinter ihren Worten spürte.

»War es Keller? Was hat er Ihnen getan?«

Sie schüttelte den Kopf.

»Sie brauchen sich keine Sorgen um mich zu machen – wenigstens nicht in der Beziehung.«

Sie blickte aufs Tischtuch und zeichnete mit dem Löffel sonderbare Linien darauf.

»Es war so entsetzlich, weil er sich nicht mit einem Kuß zufriedengeben wollte. Ich konnte ihn einfach nicht loswerden.«

Dick kochte vor Wut über diesen Keller. Er glaubte auch nicht recht, daß das schon alles gewesen war.

»Haben Sie mit jemanden darüber gesprochen?« fragte er plötzlich. »Etwa mit Lorney?«

»Nein, nur Ihnen habe ich es erzählt. Ach, eigentlich ist es gar nicht wert, daß man sich so darüber aufregt. Aber –«

In diesem Augenblick trat Charles ins Zimmer.

»Es möchte Sie jemand am Telefon sprechen, Mr. Mayford.«

Dick sah ihn an und fragte: »Wer denn?«

»Ich weiß es nicht genau, aber ich glaube, Lord Arranways.«

Anna schaltete sich ein.

»Ist er denn nicht zur Stadt gefahren? Ich wollte dringend mit Ihnen über ihn sprechen und über –«

»– meine Schwester?« fragte er geradezu. »Wahrscheinlich

hat man Ihnen auch darüber Gerüchte zugetragen. Haben Sie etwas gehört?«

Sie wurde rot.

»Sie dürfen den Lord nicht so lange warten lassen.«

Als er hinausging, kam sie ihm in die Diele nach und wartete dort, bis er zurück war. Er sah bedrückt und niedergeschlagen aus.

»Der Lord ist in einem Dorf, ein paar Meilen von hier entfernt. Was er dort eigentlich tut, ist mir schleierhaft. Jedenfalls muß ich hinfahren und mit ihm sprechen.«

Hilflos schaute Dick von ihr zu Charles. Er machte sich immer noch Sorgen um sie.

»Können Sie nicht irgend etwas unternehmen – irgendwo anders hingehen? Vielleicht ins Kino?« schlug er vor. »Ich möchte Sie nicht alleine hierlassen.«

»Bitte, machen Sie doch nicht so ein Theater wegen dieser Sache«, sagte sie beinahe ärgerlich. »Ich komme bestimmt nicht mit, und morgen fahre ich ja nach London.«

Dick sah sich um.

»Wo ist eigentlich Mr. Lorney?«

»Der wird schon irgendwo sein«, meinte Charles unbestimmt. »Er sagt mir nie, wo er hingeht.«

Dick und Anna trennten sich etwas verlegen. Ohne ein Wort zu sagen, ging Anna die Treppe hinauf. Dick wartete, bis er sie nicht mehr sehen konnte; dann fiel ihm schlagartig alles ein, was er sie noch hatte fragen wollen. Aber nun war es zu spät.

Die erste Tür im Korridor führte zu Kellers Zimmer, und Anna seufzte erleichtert auf, als sie von drinnen nichts hörte.

Sie öffnete ihre eigene Tür und schloß sie hinter sich. Der Raum lag im Dunkeln, und sie tastete nach dem Schalter.

»Mach kein Licht«, sagte plötzlich eine Stimme.

Anna fuhr zusammen.

»Wer ist da?« brachte sie mühsam hervor, aber die Frage war eigentlich überflüssig. Sie wußte nur zu gut, wer es war. Jetzt sah sie auch die Silhouette eines Mannes, die sich deutlich gegen den helleren Hintergrund des Fensters abhob.

»Ich muß mit dir sprechen. Ich möchte mich wegen meines Benehmens heute nachmittag entschuldigen – ich hatte den Kopf verloren. Hoffentlich hast du Dick Mayford nichts gesagt. Der ist imstande und bringt mich um. Seit Stunden habe ich gewartet, daß du endlich kommst.«

»Wenn Sie nicht sofort mein Zimmer verlassen, rufe ich Mr. Lorney!« rief sie schrill. Im Innern verachtete sie sich dabei selbst, daß sie es nicht fertigbrachte, Keller allein loszuwerden.

Sie versuchte noch einmal, den Schalter zu erreichen, aber er zog sie an sich. Der Duft seines Herrenparfüms verriet, daß er darin einen guten Geschmack hatte. Aber das interessierte sie jetzt nicht.

»Ich liebe dich«, flüsterte er eindringlich. »Noch nie ist mir ein Mädchen begegnet, das so schön und begehrenswert war wie du.«

Er küßte sie. Sie stand wie gelähmt. Aber plötzlich riß sie sich los, schlug ihn ins Gesicht und stürzte auf die Balkontür zu.

Sie schloß auf und lief den Balkon entlang, die Treppe hinunter und ums Haus. Ein Mann stand in der Eingangstür. Sie lief an ihm vorbei und kam atemlos in der Diele an.

Lorney, der hinter der Theke gesessen hatte, stand auf und kam auf sie zu.

»Aber Miss Anna, was ist denn mit Ihnen los?«

»Ein Mann ist in meinem Zimmer!«

Lorney ließ sie los, eilte die Treppe hinauf, riß die Tür zu ihrem Zimmer auf und machte Licht. Es war leer, und die Balkontür stand weit offen. Eine Ecke des Teppichs war hochgeschlagen, als ob jemand mit dem Fuß darüber gestolpert wäre.

»Offensichtlich ein Einbrecher, der Parfüm benutzt«, sagte plötzlich eine ruhige Stimme. »Solche Leute mag ich gerne.«

Lorney drehte sich um und sah Collett, der ihn vom äußeren Ende des Korridors beobachtet hatte und nun hinter ihm stand.

»Er muß durch die Balkontür hinaus sein«, meinte Lorney.

Der Kriminalbeamte nickte.

»Das junge Mädchen anscheinend auch, denn ich habe sie zwar hinauf-, aber nicht wieder hinuntergehen hören. Wer kann denn der Mann gewesen sein?«

»Das bringe ich schon noch heraus«, erwiderte Lorney ruhig. »Eine Ahnung habe ich jedenfalls.«

Als er wieder unten war, fragte er Anna: »Sie haben den Mann nicht erkannt?«

Sie sah von Collett zu Lorney und schüttelte den Kopf. Collett merkte, daß sie nicht die Wahrheit sagte.

»Nein, er hat mich furchtbar erschreckt, das war alles.«

Als Lorney Anna beruhigt hatte, machte er sich auf die Suche nach Keller.

Er fand ihn in seinem Zimmer.

»Ich war die ganze letzte Stunde hier und habe Briefe geschrieben, an meine Verlobte in Australien«, erklärte er kühl.

»Jemand war in Miss Jeans' Zimmer. Waren Sie das vielleicht?« fragte Lorney finster.

Keller ließ sich nichts anmerken.

»Nein, ich war es nicht – aber der Eindringling hat jedenfalls keinen schlechten Geschmack bewiesen. – War es vielleicht der ›Alte‹? Aber eigentlich sind doch junge Mädchen nicht sein Gebiet. Hat Miss Jeans ihn denn nicht erkannt?«

»Woher wissen Sie denn, daß Miss Jeans ihn gesehen hat?« fragte Lorney mißtrauisch.

»Na, irgendwer muß ihn doch gesehen haben, sonst würde doch nicht dies Tamtam um ihn gemacht. – Meinen Sie, er ist hier im Zimmer? Vielleicht sehen Sie sicherheitshalber einmal unter dem Bett nach.«

Keller nahm sich eine neue Zigarette aus der Kiste, die vor ihm auf dem Schreibtisch stand.

Lorney ging wütend aus dem Zimmer und schlug die Tür hinter sich zu. Unten in der Diele hörte er Collett lachen. Es ärgerte ihn, daß er sich offensichtlich keine Sorgen mehr um den Einbrecher machte.

»Sie gehören also auch zu diesen amerikanischen Superdetektiven, von denen man soviel hört«, sagte Collett gerade.

»Ach, übertreiben Sie doch nicht so.« Das war Captain Rennetts Stimme. »Auf der ganzen Welt hört man nur Wunderdinge von der englischen Kriminalpolizei.«

»Wonach suchen Sie hier eigentlich, Captain?« fragte Collett.

»Oh – ich interessiere mich für den ›Alten‹. Außerdem liebe ich diese Gegend. Sketchley ist wirklich so schön, wie man es nur auf Bildern sieht – sanfte Täler, alte Parks, dazwischen Schlösser mit Gespenstern . . .«

Collett schob einen Stuhl an den Tisch, wo sich der Amerikaner niedergelassen hatte.

»Das soll Ihnen jemand anders glauben! Sie sind imstande, mir mit dem unschuldigsten Gesicht von der Welt die größten Schauermärchen zu erzählen.«

Rennett schüttelte den Kopf.

»Nein, ich wüßte wirklich nicht, was ich hier sonst sollte –«

»Oh, ich wüßte das schon«, unterbrach ihn Collett. »Ich selbst bin ja extra Ihretwegen hergeschickt worden, nicht etwa um den ›Alten‹ aus seinem wohlverdienten Grab zu holen. Das ist meine persönliche Meinung«, setzte er schnell hinzu, als er das erstaunte Gesicht von Captain Rennett sah. »Offiziell soll ich mich natürlich auch um diese Angelegenheit kümmern. Aber Sie sind der eigentliche Magnet, der mich hergezogen hat. – Kennen Sie übrigens Lord Arranways?«

»Ich habe ihn gesehen«, entgegnete Rennett unbeeindruckt.

»Das ist aber ziemlich zahm ausgedrückt«, meinte Collett. »Sie sind ihm, soviel ich weiß, durch halb Europa gefolgt. Was bezweckten Sie damit?«

Rennett lächelte.

»Man trifft doch manchmal immer wieder dieselben Leute, wo man auch hingeht. Nein, von Interesse kann da keine Rede sein, und schon gar nicht für Lord Arranways. Er ist für mich nur einer unter den vielen Lords, die es in England gibt und die ja sicher auch ab und zu Reisen auf den Kontinent machen.«

Collett sah ihn aufmerksam an.

»Dann – interessieren Sie sich vielleicht für Lady Arranways?«

»Auch das nicht. Verheiratete Frauen interessieren mich nicht, selbst wenn sie sehr schön sind. Ich bin überhaupt zu alt für Abenteuer. Ich reise wirklich nur zu meinem Vergnügen.«

»Warum hat man Sie eigentlich bei dem Brand von ›Arranways Hall‹ gesehen? Warum sind Sie erst später hier im Gasthaus aufgetaucht und warum haben Sie dann getan, als hätten Sie von nichts eine Ahnung?«

»Sie verstehen aber ganz nett, die Leute auszufragen, mein lieber Inspektor! Wer hat mich denn verraten? Vielleicht der Kellner Charles oder Mrs. Harris? Nun, ich gebe zu: Ich war bei dem Brand. Aber um Ihnen die Gründe auseinanderzusetzen, würde ich eine Stunde brauchen. Glauben Sie mir denn wirklich nicht, daß ich einer von jenen exzentrischen Amerikanern mittleren Alters bin, die nicht wissen, was sie sonst mit ihrer Zeit anfangen sollen?«

Der Chefinspektor schüttelte den Kopf.

»Ein Amerikaner, der in Ihrem Alter nicht weiß, was er mit seiner Zeit anfangen soll, ist allerdings exzentrisch – das gebe ich zu. Aber ein Kriminalbeamter, der zwanzig bis dreißig Jahre Praxis hinter sich hat, verfolgt nicht eine Gesellschaft von extravaganten Engländern durch halb Europa – bloß so zum Zeitvertreib. Von solchen Sachen hat er dann meistens genug.«

Rennett blickte auf die Uhr und erhob sich.

»Ich werde noch ein bißchen spazierengehen und sehen, was hier in Sketchley für Verbrechen begangen werden, damit ich nicht aus der Übung komme.«

Er nickte Collett zum Abschied zu, nahm seinen Hut vom Haken und ging in die Nacht hinaus.

12

Als Lorney wieder in die Diele kam, fand er Mr. Collett eifrig damit beschäftigt, ein Kreuzworträtsel zu lösen. Er ging an ihm vorbei, aber der Chefinspektor rief ihn zurück.

»Wer ist eigentlich dieser Keller? Ich habe ihn noch nicht gesehen, aber viel von ihm gehört.«

»Er kommt aus Australien.«

»Ist er mit den Arranways zusammen?«

Eine kleine Pause trat ein.

»Er begleitete sie auf einer Reise.«

»Und jetzt nicht mehr? Ich dachte eigentlich, die Gerüchte wären übertrieben, die ich in London über die Auseinandersetzungen in der Familie Arranways gehört habe.«

»Ich kümmere mich nicht um die Angelegenheiten anderer Leute.«

»Dieser Keller ist doch nicht daran schuld?« fragte Collett hartnäckig weiter. »Ich möchte mir den Mann einmal ansehen.«

»Er wohnt auf Zimmer acht.«

Collett lachte. »Er ist ein gutaussehender Mann, der ein gutes Parfüm benutzt, nicht wahr?«

Lorney war schon halb auf der Treppe, drehte sich aber noch einmal um.

»Ich weiß nicht, ob er gut aussieht oder nicht. Jedenfalls kann ich ihn nicht ausstehen.«

Lady Arranways erschien oben auf der Treppe, und Lorney trat zur Seite, damit sie vorbei konnte.

Collett hatte sie noch nicht gesehen. Er kannte sie nur von Gesellschaftsberichten aus Illustrierten, mußte jetzt aber feststellen, daß sie in Wirklichkeit viel schöner war. Eine blasse, kühle Frau mit feingeschnittenem Gesicht. Sie schaute nicht in seine Richtung, als sie durch die Diele in den kleinen Salon ging, aber er war sicher, daß sie ihn trotzdem gesehen hatte. Diese Erfahrung hatte er schon öfter gemacht. Frauen, und besonders gewandte und attraktive Frauen, schienen nirgends hinzusehen und doch alles um sich zu bemerken. Er hatte sich schon oft gewünscht, diese für einen Kriminalbeamten so wertvolle Fähigkeit zu besitzen. Ihm sah man es immer schon von weitem an, wenn er hinter jemandem her war.

»Das war Lady Arranways, nicht wahr?«

Lorney nickte.

Der Chefinspektor sah ihn nachdenklich an.

»Ich glaube, ich mache noch einen kleinen Spaziergang«, meinte er dann.

»Na, da werden Sie sicher Captain Rennett treffen, der ist auch ins Dorf gegangen.«

»Oh, da bin ich im Augenblick gar nicht so scharf drauf.«

Lorney begleitete ihn bis zur Haustür und ging dann in den kleinen Salon zu Lady Arranways.

»Wer war denn der Herr?« erkundigte sie sich prompt.

»Chefinspektor Collett von Scotland Yard, Mylady«, imitierte Lorney die sachliche Art des Kriminalbeamten.

»Was tut er denn hier?« fragte sie schnell. Sie mußte unwillkürlich an das unselige Armband denken.

»Er verbringt seinen Urlaub hier. Ich glaube nicht, daß er beruflich hier ist.«

»Könnte es sein, daß Lord Arranways ihn hat kommen lassen?«

Er sah sie erstaunt an. Zu spät erkannte sie, daß sie mit diesen Fragen ihre geheime Furcht verraten hatte.

»Nein«, antwortete er ruhig. »Er kennt Lord Arranways nicht, wenigstens hat er mir das eben gesagt. Polizeibeamten kann man allerdings kaum etwas glauben.«

Sie blätterte währenddessen in einer Illustrierten.

»Haben Sie Mr. Keller gesehen?« fragte sie dann, ohne aufzublicken.

»Er ist in seinem Zimmer und schreibt Briefe.«

»Wahrscheinlich über den Brand. Das muß ein Schreck für ihn gewesen sein.«

»Aber für Sie noch mehr«, meinte Lorney mit der ihm eigenen Direktheit, die ihm die Rolle, die er bei diesem Ereignis gespielt hatte, erlaubte und die ihm in diesem Fall auch angebracht erschien.

Sie sah ihn lächelnd an.

»Das stimmt, aber Frauen sind widerstandsfähiger. – Sie haben ihn ja aus dem Zimmer geholt, Mr. Lorney. Hat er dabei gesagt, es sei noch jemand anders darin?«

Lorney antwortete nicht, und sie deutete sein Schweigen richtig – nämlich als ein Ja.

»Sie haben ihn zuerst herausgebracht und mich dadurch geschützt, weil vermutlich noch andere Leute im Gang waren – der Lord, nicht wahr? Und Mr. Mayford?«

»Ja, Mylady.«

Sie machte eine ungeduldige Handbewegung.

»Ach, sagen Sie doch nicht immer Mylady zu mir. – Als mein Mann mit Mr. Keller hinuntergegangen war, kamen Sie zurück und holten mich heraus, nicht?«

»Ja«, antwortete er gleichmütig.

»Trotzdem fürchte ich, daß wir niemanden dadurch täuschen konnten, Mr. Lorney.«

»Das glaube ich auch«, sagte er teilnahmsvoll. »Alle Erklärungen, die ich sonst gehört habe, waren äußerst lahm.«

Lady Arranways lehnte sich in ihrem Sessel zurück und betrachtete den Wirt forschend.

»Warum haben Sie sich all die Mühe mit mir gemacht?«

Er zuckte die Achseln.

»Ich weiß es nicht. Nennen Sie es Sentimentalität.«

»Sie haben Mitleid mit mir«, sagte sie mit traurigem Lächeln.

»Ich bin nun mal sentimental.«

»Sie haben sich wirklich ritterlich benommen, und ich weiß nicht, wie ich Ihnen dafür danken soll. Wir haben Sie immer für besonders ehrlich und zuverlässig gehalten. Wissen Sie, wie wir Sie manchmal nannten? Pfarrer Lorney. – Hoffentlich sind Sie nicht böse darüber.«

»Ach, Sie meinen, weil ich im Kirchenchor singe? Fromm bin ich nicht sehr, aber ich liebe Kirchenmusik, und als mich der Pfarrer voriges Jahr fragte, ob ich mitsingen wollte –«

Sie machte eine abwehrende Bewegung.

»Sagen Sie mir, was halten Sie von mir?«

Lorney antwortete ganz leise, obwohl niemand im Salon war außer ihnen beiden: »Ich habe viel über Sie nachgedacht. Sie haben eine der größten Dummheiten gemacht, die ich mir vorstellen kann.«

Mit einem Seufzer erhob sie sich.

»Es gibt noch mehr Leute hier im Haus, die so denken. Es war ein unverzeihlicher Leichtsinn, und es kommt mir immer stärker zum Bewußtsein, was ich eigentlich alles aufs Spiel gesetzt habe.«

»Sie brauchen keine Angst zu haben. Nur dürfen Sie jetzt den Kopf nicht verlieren.«

»Hat eigentlich Lord Arranways die schrecklichen Dolche mitgenommen?« fragte sie unvermittelt.

»Nein, die liegen noch auf seinem Zimmer«, antwortete er etwas erstaunt.

Während der Unterhaltung war ihm aufgefallen, daß ihre Stimme härter und schärfer klang als früher. Sie mußte ziemlich gelitten haben. Er wollte gehen, aber sie bat ihn zu bleiben, als wenn sie nicht gerne allein sein wollte.

»Ist er tatsächlich so hinter dem Mädchen her?« fragte sie mit leiser Stimme.

»Wen meinen Sie – doch nicht den Lord?«

»Nein, nein«, erwiderte sie ungeduldig, »Mr. Keller. Ich glaube, er und die junge Dame, die hier wohnt, Miss Jeans, sind schon ziemlich eng befreundet.«

»Nein, nicht daß ich wüßte.«

»Aber er war doch heute abend in ihrem Zimmer!«

Lorney erschrak über die plötzliche Heftigkeit, mit der sie das sagte.

»War er tatsächlich in ihrem Zimmer?«

»Oh, ich hätte es sicher nicht sagen sollen, aber ich – ich sah... Ich war auf dem Balkon...« Sie schien ihre kühle Sicherheit ganz verloren zu haben, und Lorney wußte nicht, was er darauf sagen sollte.

»Es tut mir leid. Ich bin so nervös in letzter Zeit. Es war unverzeihlich, daß ich Ihnen das gesagt habe.«

»Was haben Sie gesehen?«

Sie zuckte die Achseln.

»Ich weiß nicht – nur sehr wenig. Er schien sie umarmen zu wollen. Sie versuchte aber, sich loszumachen, und rannte schließlich die Balkontreppe hinunter – genauso gehetzt, wie sie am Nachmittag aus dem Wald gekommen war. Was dort passiert ist, habe ich auch zufällig beobachten können. – Sie fühlen sich doch ein wenig verantwortlich für Miss Jeans, nicht wahr?«

Sie schwieg einen Augenblick, dann gab sie sich einen Ruck und lächelte, um Verzeihung bittend, zu ihm auf.

»Mr. Lorney, mein Benehmen ist wirklich nicht sehr ladylike. Entschuldigen Sie bitte. Der Brand des Schlosses hat mich völlig durcheinandergebracht – und auch die andere Geschichte. Sie wissen mehr als irgendein anderer von mir, und Sie werden mich verstehen. Sie sind wirklich wie ein alter Freund gewesen. Ich weiß nicht, warum Sie meinem Mann gegenüber gelogen haben, bloß um mich zu schützen.«

Lorney trat ans Fenster.

»Ich will es Ihnen kurz erklären. Ich habe das aus Dankbarkeit getan, denn Sie haben mir einmal, ohne es zu wissen, das Leben gerettet. Glauben Sie, daß ich das je vergessen würde? – Aber sagen Sie mir doch bitte, was zwischen Mr. Keller und Miss Jeans im Wald vorgefallen ist.«

»Mr. Lorney«, sagte sie und legte eine Hand auf seinen Arm, »Sie werden doch keinen Unsinn machen? Bitte bleiben Sie vernünftig. Morgen fährt er nach London und ich auch. Versprechen Sie mir, nichts Übereiltes zu tun?«

John Lorney fuhr sich mit der Hand über die Haare.

»Ich dachte mir schon, daß es nicht völlig harmlos gewesen ist.«

»Aber sie ist doch wirklich groß genug, um auf sich selber aufzupassen«, erwiderte sie ungeduldig. »Sie können doch nicht immer Kindermädchen für Ihre Gäste spielen.«

Er kam nicht mehr dazu zu antworten, denn plötzlich erschien Keller in der Tür zum Salon.

Merkwürdigerweise hatte er einen Abendanzug an. Etwas zu kostbare Manschettenknöpfe blitzten an seinen Ärmeln, und sein Smoking war wirklich der letzte Schrei. Er ignorierte Lorney restlos, winkte nur Lady Arranways zu und schloß die Tür hinter sich.

»Ganz allein? Ich hatte keine Ahnung, daß Sie hier wären. – Hallo, einen Augenblick!« rief er dem Wirt zu, der den

Salon verlassen wollte. »Ich möchte was zu trinken. – Merkwürdiger Mensch, dieser Lorney«, fuhr er fort, als der Wirt draußen war. »Der ist eigentlich nicht der richtige Mann für ein Wochenendhotel.«

»Ein Wochenendhotel?« fragte sie erstaunt.

»Na, dies ist doch das typische Absteigquartier für die Londoner, die sich ein bißchen amüsieren wollen. Der Kerl hat ja unglaubliche Manieren. Er scheint es nicht gewohnt zu sein, Gäste aus unseren Kreisen zu haben.«

»Aus welchen Kreisen stammst du denn?« fragte sie eisig.

Er hörte die Ablehnung, die aus ihrer Stimme klang, aber er brachte es nie fertig, einzusehen, daß er irgendwo unerwünscht war. Mit größter Gewandtheit setzte er sich auch diesmal über alles hinweg.

»Ich ahnte ja nicht, daß du hier bist, sonst wäre ich schon viel früher heruntergekommen. Seit sieben bin ich nicht aus meinem Zimmer gegangen.«

»Wirklich?«

Sie sah ihn nicht an und nahm sich eine Zigarette.

Er trat hinter sie und legte ihr beide Hände auf die Schultern.

Sie richtete sich ungeduldig auf, aber er tat, als spürte er ihre Abwehr nicht.

»Stimmt es, daß du seit sieben Uhr dein Zimmer nicht verlassen hast?« fragte sie.

Er schaute sie scharf an.

»Wenn ich kein Schlafwandler bin, müßte es eigentlich stimmen.«

Er klingelte. Keiner von ihnen sprach, bis Charles erschien.

»Was möchten Sie trinken?« erkundigte sich Charles brummig.

»Nichts«, entgegnete sie lustlos.

Keller, immer großzügig, meinte: »Bringen Sie Sekt. Sie werden ja welchen hierhaben.«

»O ja, auf der Weinkarte stehen verschiedene Marken.«

»Schön, bringen Sie eine Flasche und zwei Gläser.«

Die Tür schloß sich hinter Charles.

»Bist du müde?«

Er stand noch hinter ihr und konnte ihr Gesicht nicht sehen.

»Nein, nicht besonders.«

Keller zog sich einen Stuhl auf die andere Seite des Tisches und setzte sich.

»Ich dachte schon daran, auf einen oder zwei Tage nach Paris zu fahren. Ihr geht doch auch dorthin, nicht wahr? Wann denn?«

»Wann fährst du denn dort wieder ab?«

Diesmal konnte er ihren scharfen Ton nicht überhören. Er mußte ihr widersprechen.

»Aber Liebling, du bist wirklich nicht nett zu mir. Ich wollte auf keinen Fall länger als eine Woche in Paris bleiben und dann hierher zurückkommen.«

»Fährt Miss Jeans auch nach Paris?«

In diesem Augenblick kam Charles mit der Flasche und machte sich am Büffet zu schaffen. Er holte zwei Gläser heraus, schnitt den Draht am Flaschenhals durch, und gleich darauf knallte der Pfropfen. Er goß ein.

»Na, was hast du?« fragte Keller, als Charles wieder gegangen war. Seine Stimme hatte einen harten, fast grausamen Klang, den Mary noch nie an ihm gehört hatte. »Du hast was gesehen oder gehört. Was ist los? Was geht das dich an, ob Miss Jeans nach Paris fährt? Ich finde, wir sollten uns mal über Verschiedenes grundsätzlich klarwerden.«

»Bitte, schrei nicht so.«

»Meine liebe Mary, ich will dir mal was sagen –« Er brach plötzlich ab, als er merkte, daß er im Begriff war, zu weit zu gehen.

»Also trink deinen Sekt und mach keine Szene«, sagte er etwas übergangslos. Er konnte nicht über seinen Schatten springen und auf ihre wenigstens scheinbare Anerkennung verzichten.

»Hör mal, Liebling, es ist niemand auf der Welt so wundervoll wie du«, versuchte er es auf die alte Tour, um den schlechten Eindruck abzuschwächen, den er soeben gemacht hatte. »Es ist noch nichts passiert, und es gibt keinen Grund, sich aufzuregen. Also mach keine Tragödie daraus.«

»Das tue ich auch nicht. Ich habe nur einsehen müssen, daß ich ohne weiteres von einem kleinen Mädchen verdrängt werden kann. Das ist nicht leicht gewesen.«

»Sei doch nicht kindisch. Was ist denn schon passiert – was denn? Ein kleiner Flirt. Du bist doch kein Baby mehr. Es ist einfach verrückt von dir, auf sie eifersüchtig zu sein. Sie hat übrigens den Flirt selbst gewollt... Sie hat sich mir an den Hals geworfen –«

Er brach ab, denn Lorney trat ins Zimmer. Der Wirt hatte die Hände in den Taschen vergraben.

Lady Arranways ergriff die Gelegenheit.

»Ich fahre morgen früh in die Stadt, Mr. Lorney. Würden Sie so freundlich sein, es Mr. Mayford auszurichten, wenn er zurückkommt? Und lassen Sie mich bitte um sieben wecken.«

Keith Keller schaute sie überrascht an, als sie lächelnd aufstand und ihm die Hand gab.

»Gute Nacht. Ich hoffe, daß Sie eine angenehme Zeit mit uns verbracht haben. Wir werden uns wahrscheinlich nicht wiedersehen!«

Sie nickte Lorney zu.

»Gute Nacht und vielen Dank für alles, was Sie getan haben.«

Die beiden sahen ihr nach, bis sich die Tür hinter ihr geschlossen hatte. Dann schaute Keller den Wirt fragend an.

»Was meint sie denn damit: Alles, was Sie getan haben? Das klingt ja wie im Theater.« Plötzlich fiel es ihm ein. »Ach so – Sie sind ja der brave Mann, der sie aus den Flammen gerettet und dem Lord was vorgelogen hat. – Geben Sie mir doch bitte was zu trinken. Frauen können einem schon zusetzen! Wer ist übrigens der Herr, der heute ankam?«

»Mr. Collett.« Lorney war an das Büffet getreten und nahm die Kognakflasche, die dort stand. »Ein Beamter von Scotland Yard. Ich hörte so etwas sagen, als wäre er hinter dem Dieb eines Brillantarmbands her, das in Berlin gestohlen wurde.«

Keller starrte ihn an und schluckte trocken.

»Was sagen Sie? Ein Brillantarmband? Wem ist es denn gestohlen worden?«

»Weiter kann ich Ihnen nichts sagen.«

Der Wirt schob ihm das Glas zu.

»Wohin ist denn Mr. Mayford gegangen?«

»Das kann ich leider auch nicht sagen.«

Keller goß seinen Kognak hinunter.

»Dann ist doch noch ein neuer Herr da, nicht wahr? Ich sah die beiden zusammen sprechen.«

Lorney warf ihm einen schnellen Blick zu.

»Das ist ein Amerikaner.«

Keller hob den Kopf.

»Amerikaner? Woher kommt er denn?«

»Aus St. Louis.«

»Und wie heißt er?«

»Rennett – Captain Rennett.« Ein Klirren von splitterndem Glas ließ Lorney aufschauen. Keller stand da mit leeren Händen und starrte verstört auf die Scherben seines Kognakschwenkers, die vor ihm auf dem Boden lagen.

»Rennett?« fragte er tonlos. Entsetzt sah er Lorney an. »Rennett«, wiederholte er heiser. »In diesem Haus ... unter demselben Dach!«

Lorney nickte.

»Kennen Sie ihn?«

Keller lehnte sich schwer an das Büfett.

»Geben Sie mir noch einen Kognak. – Weiß der, daß ich hier bin? Ach, es ist ja gleich, ob er es weiß oder nicht. Auf jeden Fall muß ich ein anderes Zimmer haben. Sie haben doch da hinten noch mehr Räume.« Er zeigte auf den neuen Anbau, den Lorney hatte machen lassen.

Der Wirt sah ihn zweifelnd an.

»Ja, wir haben allerdings einige Gastzimmer da drüben, aber es wird Ihnen sehr einsam und ungemütlich vorkommen.«

»Das ist mir gleich.«

Er trank den Kognak mit einem Zug aus und lachte.

»Rennett! Unter einem Dach mit ihm, ohne es zu ahnen. Unvorstellbar!«

»Anscheinend ein guter Freund von Ihnen?« fragte Lorney ironisch.

»Noch schlimmer. Ein Verwandter.«

Keller sah sich in dem Salon um.

»Sie haben sich hier ganz nett eingerichtet, Mr. Lorney. Es muß ein großartiges Gefühl sein, in einer so herrlichen Gegend wie Sketchley ohne Sorgen leben zu können und keine Schwierigkeiten zu haben, nicht wahr?«

Lorney sah ihn mit unbewegtem Gesicht an und sagte nichts.

»Ich werde morgen nach London fahren und wahrscheinlich von dort aus nach Paris reisen. Können Sie mir einen Scheck einlösen?«

»Wenn die Summe nicht zu groß ist.«

Keller ging zu dem kleinen Tisch hinüber, setzte sich, zog ein Scheckbuch aus der Tasche und begann zu schreiben.

»Ich glaube, Sie können mich nicht ausstehen, habe ich recht?« fragte er beim Ausfüllen des Schecks.

»Wenn ich ehrlich sein soll, ja.«

»Schade«, entgegnete Keller, »ich merkte es schon an dem Bedauern, das Sie über meine Abreise zeigten. Wo ist Ihre Bank?«

»In London.«

»Meine ist in Bristol.«

Keller riß den Scheck aus dem Buch.

Lorney nahm das Blatt und las die Zahl.

»Ist das ein Witz?«

»Nein.«

»Ich sagte doch, daß die Summe nicht so hoch sein dürfte.«

»Ich hab' ein großes Bankkonto – Sie haben keine Ahnung, wie reich ich bin«, erwiderte Keller selbstgefällig.

Lorney faltete den Scheck wortlos zusammen und steckte ihn ein.

In einer Ecke des Salons stand ein Bücherschrank. Keller zog ein Buch heraus.

»Ich möchte gern was zu lesen mitnehmen.«

»Die Bücher sind für die Gäste da.«

»›Lebenslänglich Zuchthaus‹«, las Keller laut. »Das klingt nicht sehr verlockend.«

»Es ist ein Roman über die australischen Strafanstalten. Sehr interessant! Sie kennen doch Australien?«

»Grauenerregend – so ein Zuchthaus. Und die sind auch nicht besser geworden, seitdem das Buch geschrieben wurde.«

»Sie scheinen ja eine Autorität auf dem Gebiet zu sein«, meinte Lorney ironisch.

Keller ließ sich nicht einschüchtern.

»Ja, über australische Verhältnisse weiß ich gut Bescheid. Wir können uns ja mal darüber unterhalten.«

»Aber Sie wollten doch abreisen.«

»Ja, morgen. Aber vielleicht komme ich wieder her.«

»Dann kann ich Sie leider nicht mehr bei mir aufnehmen, Mr. Keller – das sage ich Ihnen ganz ehrlich. Es ist mir nicht angenehm, Sie im Haus zu haben. Die Gründe brauche ich Ihnen ja wohl nicht zu sagen.«

Keller lachte laut auf.

»Sie mit Ihrer Moral!« spottete er. »Daß Ihnen nur kein Stein aus der Krone fällt.«

Der Wirt packte ihn am Arm.

»Ich bin hier der Wirt, Mr. Keller, und bemühe mich, meine Gäste zufriedenzustellen. Aber wenn Sie es sich einfallen lassen, in die Zimmer anderer Gäste zu gehen, kann ich sehr ungemütlich werden. Ich möchte nicht, daß das noch einmal vorkommt.«

Keller machte sich frei. Er lachte immer noch, aber nur um seine Angst zu verbergen.

»Ach so, Sie sprechen von der Dame mit den seltsamen Augenbrauen? Sie wissen ja, was die zu bedeuten haben, nicht wahr?«

»Ich glaube, ja. – Aber das ist im Augenblick nebensächlich. Bleiben Sie jetzt bitte in Ihrem eigenen Zimmer. Ich komme später hinauf und sage Ihnen, wo Sie sich vor Rennett verstecken können.«

13

Zehn Minuten danach stand Keller in der Tür seines Zimmers und rief nach Charles. Der Kellner ging zu ihm hinauf, kam dann zurück und holte eine Flasche Kognak.

»Der kann was vertragen!« flüsterte er Lorney zu.

»Kümmern Sie sich um Ihre eigenen Angelegenheiten«, wies ihn der Wirt zurecht. »Wenn er die Flasche bestellt und austrinkt, dann wird er sie auch bezahlen. Rufen Sie Mrs. Harris, wenn Sie den Kognak nach oben gebracht haben. Sie soll hier bedienen.«

Bald danach erschien Rennett und ließ sich eine Zigarre geben. Er kannte Mrs. Harris schon von früher, blieb an der Theke stehen, wählte umständlich eine Zigarre und ließ sich Feuer geben.

»Nach neun Uhr abends hat das Dorf wirklich große Ähnlichkeit mit einem Friedhof«, meinte er.

Mrs. Harris gab ihm vollkommen recht. Sie stammte aus London und hatte kein Verständnis für die Schönheiten des Landlebens.

Sie sah, daß Rennett aufschaute, und nahm an, er bewunderte die schöne, eingelegte Decke.

»Ein nettes, altes Haus, was?« sagte sie. »Man kann kaum ein paar Schritte gehen, ohne sich den Kopf zu stoßen. Direkt künstlerisch.«

So hatte sie zu allem etwas zu sagen, aber das meiste kam Rennett reichlich vertraut vor. Schließlich kam das Gespräch auch auf den ›Alten‹. Mrs. Harris erklärte, sie fürchtete sich nicht, nur die Nachbarschaft des Irrenhauses fiele ihr etwas auf die Nerven.

Rennett lächelte traurig. Er konnte an keiner Nervenheilanstalt vorbeigehen, ohne daß es ihm einen Stich gab.

Als Lorney zurückkam, brach die Unterhaltung, die sowieso hauptsächlich von Mrs. Harris bestritten worden war, ab. Er war, wie Mrs. Harris schon angedeutet hatte, nicht in der besten Laune. Selbst Rennett fiel es schwer, ein Gespräch mit ihm anzufangen. Er versuchte es also noch mal mit der Feststellung, wie ausgestorben das Dorf am Abend wäre.

»Ja, es ist wirklich sehr ruhig hier«, erwiderte Lorney. »Aber wir können nicht jeden Abend einen Schloßbrand für Sie inszenieren.«

Rennett lächelte.

»Den habe ich leider versäumt.«

»Aber Sie sind doch von den verschiedensten Leuten gesehen worden!«

»Ich war in London.«

Lorney gab Mrs. Harris ein Zeichen, daß sie sich entfernen könnte. Rennett war gespannt, was jetzt kommen würde. Er wartete und zog ab und zu an seiner Zigarre.

»Wir wollen doch einmal offen miteinander reden, Captain Rennett«, begann Lorney. »Sie sind nicht zum erstenmal bei mir.«

»Ganz recht. Vor einem Jahr war ich schon einmal hier.«

»Damals haben Sie auch Nachforschungen angestellt. Ich habe zufällig davon erfahren.«

Der Amerikaner lächelte.

»Es tut mir leid, aber es ist nun einmal eine Gewohnheit von mir, mich überall umzusehen.«

John Lorney wandte nicht den Blick von ihm.

»Mr. Mayford hat mir neulich erzählt, daß Sie zugleich mit den Arranways in Rom waren. Später sind Sie ihnen dann nach Wien und Berlin nachgereist. Dann kamen Sie in der Nacht, in der das Schloß abbrannte, hierher – nun, wir wollen uns über diesen Punkt nicht streiten. Wir können ja auch sagen, Sie tauchten kurz nach der Rückkehr der Arranways hier auf.«

Rennett zwinkerte ihm zu.

»Das klingt mir fast wie eine Wiederholung all dessen, was mir mein Freund Collett erzählt hat.«

»Es ist mir egal, ob Sie den Arranways auf dem Kontinent nachgereist sind, aber ich möchte gern wissen, warum Sie vor einem Jahr hierherkamen.«

Rennett steckte sich plötzlich eine neue Zigarre an.

»So, macht Ihnen das Kopfschmerzen? Und wenn ich Ihnen sage, daß ich zufällig hierherkam?«

Lorney schüttelte den Kopf.

»Das glaube ich nicht.«

»Nein? Nun, es kann auch Absicht gewesen sein.«

»Die Arranways waren damals nicht hier.«

Der Amerikaner nickte.

»Das stimmt. Ich interessiere mich auch nicht für sie.«

»Sie wollten jemanden treffen, den Sie hier zu finden hofften und hatten kein Glück dabei, nicht wahr?«

»Ja, Sie haben recht. Ich hatte in Amerika gewisse Informationen erhalten, die mich veranlaßten, hierherzukommen. Sie wissen, daß ich eine Autorität auf dem Gebiet des Einbruchdiebstahls bin. Meine jahrelange Erfahrung sagte mir, daß es sich bei dem ›Alten‹ nur um einen Berufsverbrecher handeln konnte. Und da Einbrecher stets gewisse Kennzeichen zurücklassen, die man ebenso lesen und deuten kann wie die Handschrift eines Menschen, kam ich hierher, um diesen Einbrecher unter die Lupe zu nehmen.«

»Ach, dann war es also doch berufliches Interesse?«

»Wenn Sie so wollen, ja. Ich habe an der Börse etwas Geld verdient und mich pensionieren lassen. Außerdem habe ich keine Kinder mehr ... Meine einzige Tochter starb vor einigen Monaten in einer – Nervenheilanstalt. Ich hätte nie geglaubt, daß ich einmal sagen würde: Gott sei Dank, daß sie tot ist, aber jetzt bin ich fast soweit.«

Er schwieg eine Weile, in Erinnerungen versunken. Nachdenklich steckte er seine Zigarre wieder in Brand, die inzwischen ausgegangen war.

»Deshalb«, fuhr er dann fort, mehr zu sich selber gewandt, »kam ich auch zurück. Ich konzentriere mich völlig darauf, den Mann zu finden, der sie ermordet hat.«

Er sagte das ganz ohne Pathos, aber hinter seinen Worten stand eine Drohung, die Lorney das kalte Grausen den Rücken hinunterjagte.

Rennett räusperte sich.

»Haben Sie nicht ein stilles Zimmer, wo wir beide ungestört miteinander sprechen können?«

»Kommen Sie in mein Wohnzimmer.«

Lorney führte ihn an der Theke vorbei in das Privatzimmer, das dahinter lag, und schloß die Tür.

»Nehmen Sie bitte Platz. Wollen Sie etwas trinken?«

»Nein, danke. Aber ich will Ihnen jetzt etwas sagen, das die englische Polizei nicht weiß: den Namen des Mannes, der die

Einbrüche verübt hat und der meiner Meinung nach mit dem ›Alten‹ identisch ist.«

Lorney wartete, ohne sich zu bewegen.

»Er heißt Bill Radley und war sein Leben lang ein Verbrecher. Ich weiß nicht sehr viel von ihm, aber er soll trotz allem einen sehr anständigen Charakter haben. Als ich in den Zeitungen las, daß der ›Alte‹ immer nur Sachen aus massivem Gold nahm und nur auf der Vorderseite der Häuser einbrach, wußte ich, wer es sein mußte, hören Sie: mußte! Auch erkannte ich an vielen Einzelheiten, daß es sich um Bill Radley handelte.«

»Es lebt aber niemand hier in der Gegend, der so heißt«, erwiderte der Wirt, der sich für die Erzählung seines Gastes außerordentlich zu interessieren schien. »Wenigstens nicht, seit ich hier bin.«

»Das weiß ich. Ich bin auch gar nicht hinter ihm her, sondern hinter seinem Partner, einem gewissen Barton oder Boy Barton, wie er in Australien wegen seines jungenhaften Aussehens genannt wurde, obwohl er in Wirklichkeit gar nicht mehr so jung ist.«

»Ist er auch ein Einbrecher?«

»Nein, für diese Art Tätigkeit ist er nicht mutig und nicht klug genug. Er arbeitet nur mit dem anderen zusammen, verkehrte in der besten Gesellschaft und schaute sich nach guten Gelegenheiten um. Bill führte dann den Einbruch aus. Ungefähr vor fünf Jahren wurden beide gefaßt, als sie die Bank in Carra-Carra ausraubten. Boy Barton schoß einen Polizeibeamten nieder, und deshalb bekamen sie zehn Jahre.«

»Dann sitzen sie ja noch.«

Rennett lächelte.

»Das sollten sie eigentlich, aber sie entkamen auf dem Weg vom Gericht zum Gefängnis. Ich interessiere mich nicht dafür, was Bill Radley macht – merken Sie sich das, Mr. Lorney. Aber dieser Boy Barton kam in die Vereinigten Staaten, und zwar nach St. Louis. Er nannte sich Lord Boyd Barton Lancegay. Der Name klang gut. Er lernte eine junge Dame kennen, verliebte sich in sie oder tat wenigstens so, und ihr verrückter alter Vater freute sich darüber, daß seine Tochter eine ›Lady‹ werden sollte. – Ich gab ihr fünfzigtausend Dollar Mitgift, kaufte ein hübsches Haus für die jungen Leute und richtete es ein. Nach einem Jahr kam ein furchtbares Erwachen für mich, aber da war es zu spät. Boy Barton brachte seine Frau in eine Nervenheilanstalt, dann machte er, daß er fortkam, nachdem er noch einige Schecks mit meiner Unterschrift gefälscht hatte. Nun, auf das Geld kommt es ja nicht an, aber Sie können sich sicher vorstellen, wie mich die Geschichte mitgenommen hat. – Haben Sie vielleicht schon davon gehört?«

»Nein, ich hatte keine Ahnung davon. – Wo ist er denn jetzt?«

Rennett zuckte die Achseln.

»Irgendwo hier in der Nähe, soviel ich vermute.«

»Haben Sie denn schon eine Spur von ihm – oder ihn selbst?«

Eine Zeitlang antwortete der Amerikaner nicht.

»Ja«, sagte er dann, »zufällig entdeckte ich ihn. Und dann heftete ich mich an seine Fersen.«

»Jetzt verstehe ich. Also war es tatsächlich ein Zufall, daß Sie vor einem Jahr herkamen. Sie glaubten, Radley wäre hier, weil die Einbrüche genau nach seiner Methode ausgeführt wurden. Und nachher sahen Sie, daß Sie sich geirrt hatten.«

»Nein, es war nicht Radley. Aber trotzdem tut es mir nicht leid, daß ich hergekommen bin. Mr. Collett ist ein bißchen neugierig, und ich habe ihn auch bis zu einem gewissen Grad aufgeklärt. Natürlich habe ich ihm nichts von Radley oder Boy Barton gesagt. Das ist meine eigene Angelegenheit, und ich hoffe, Sie werden mein Vertrauen nicht mißbrauchen.«

John Lorney lächelte.

»Die Wände dieses Zimmers haben schon viel Vertrauliches gehört, Captain Rennett.«

Die beiden Männer verließen das Zimmer und gingen durch die Diele nach draußen. Es regnete nicht mehr, und der Mond zeigte sich ab und zu zwischen den Wolken.

»Meine Geschichte ist nicht allzu aufregend«, sagte Rennett abschließend. »Wenn man das Dach des Hauses hier abheben könnte, würde man wahrscheinlich viel merkwürdigere Dinge erfahren.«

Lorney antwortete nicht. Er ließ Rennett stehen und ging geräuschlos über den Rasen zum Fuß der Treppe, die auf den Balkon hinaufführte. Von hier aus konnte er alle Fenster sehen. In einem brannte Licht hinter einem dunkelblauen Vorhang – dort wohnte Lady Arranways.

Bei Keller war es dunkel, und Lorney ging einige Schritte weiter, bis er die letzte Glastür genau beobachten konnte. Zuerst glaubte er, daß kein Licht dort brannte, aber gleich darauf sah er einen schwachen Lichtschein, als der Wind die Vorhänge bewegte. Zufrieden wandte er sich um.

Rennett war verschwunden.

14

Anna war nicht ins Bett gegangen. In verzweifelter Stimmung hatte sie angefangen zu packen, aber sie brachte alles durcheinander. Sie wollte am kommenden Morgen nach London fahren, weil sie Angst hatte – Angst vor Keller. Sie wußte, daß sie ein drittesmal nicht mit ihm fertig werden würde. Bisher hatte immer sie selbst bestimmt, mit wem sie etwas zu tun haben wollte und mit wem nicht, und mit der Zeit hatte sie sich ein gewisses Selbstvertrauen angeeignet. Sie war der Meinung, alles im Leben spielte sich nach feststehenden Regeln ab.

Das Erlebnis mit Keller hatte ihre Sicherheit ins Wanken gebracht.

Sie setzte sich hin, um ihm einen Brief zu schreiben – einen ausführlichen Brief, in dem sie ihm auseinandersetzen wollte, was man ihrer Meinung nach tat und was nicht. Sie hoffte, ihn dadurch zu überzeugen und – zu bessern. Aber nachdem sie dreimal angefangen und den Brief dann wieder zerrissen hatte, wurde sie sich des eigentlichen Grundes für ihre Besserungsversuche bewußt: Es war nicht so sehr der Wunsch, einen besseren Menschen aus ihm zu machen, als der, sich selbst ein Zeugnis über ihren großartigen Charakter auszustellen, der fern von allen Versuchungen auf dem Pfade der Tugend wandelte.

Schließlich siegte aber ihr angeborener Sinn für das Komische, und sie gab es auf. Wenigstens war sie dabei ruhiger geworden.

Sie hatte eben den letzten Brief in tausend Fetzen gerissen, als sie ein Klopfen hörte.

Entsetzt starrte sie auf die Tür, die glücklicherweise abgeschlossen war. Als das Klopfen wiederholt wurde, schlich sie zur Tür und horchte.

»Schlafen Sie schon? Kann ich noch hereinkommen?«

Es war Lady Arranways Stimme. Anna schloß auf.

»Sind Sie krank?« fragte Mary ernstlich besorgt.

»Nein, es geht mir ganz gut«, versicherte Anna. »Kommen Sie bitte herein. Haben Sie etwas dagegen, wenn ich wieder abschließe?«

»Nein, im Gegenteil. Was ist denn mit Ihnen los? Sie sehen ja ganz blaß aus. Sie haben vorhin etwas Häßliches erlebt, nicht wahr? – Darf ich rauchen?«

Anna nahm eine Zigarette aus dem goldenen Etui, das Mary ihr hinhielt.

Mary setzte sich aufs Bett und zog Anna neben sich.

»Ich weiß, was heute nachmittag passiert ist – ich hab' es gesehen.«

»So? – Im Wald?«

Mary nickte.

Anna wurde rot.

»Es war so gemein!« sagte sie tonlos. »Heute abend war er auch noch hier im Zimmer.«

»Auch das weiß ich. Ich habe gesehen, wie Sie auf den Balkon hinausstürzten.«

Es entstand eine Pause. Nur das Ticken der kleinen Uhr auf dem Nachttisch war zu hören.

»Ist er ein Freund von Ihnen?« fragte Anna fast entschuldigend. »Ich meine, kennen Sie ihn eigentlich schon sehr lange?«

»Nein, nicht sehr lange. Aber er ist sehr eng mit mir befreundet – das heißt, er war es. Vermutlich spricht das ganze Dorf darüber.«

»Ich habe noch nichts gehört«, log Anna. »Natürlich wußte ich, daß er bei Ihnen und Ihrem Mann auf dem Schloß wohnte. Wer ist er eigentlich?«

»Er ist Australier – nein, er ist in England geboren, aber er lebte in Australien. – Wie lange war er eigentlich in Ihrem Zimmer? Ich habe Sie nämlich nicht heraufkommen hören.«

»Höchstens eine Minute – nein, noch nicht einmal. Er küßte mich und versuchte mich festzuhalten, aber ich konnte mich losreißen.«

Lady Arranways seufzte erleichtert auf.

»Sie sind noch sehr jung und eigentlich die letzte, die ich um Rat fragen sollte, aber bitte sagen Sie mir, was Sie tun würden, wenn Sie zu weit gegangen wären ... Ich meine, wenn Sie vollkommen verantwortungslos gehandelt hätten – und wenn Sie einen Zettel wie diesen unter Ihrer Tür fänden.«

Sie zog ein Blatt Papier aus ihrer Handtasche und faltete es zögernd auseinander.

Anna nahm es und überflog den kurzen Text, der in peinlich ordentlicher Handschrift darauf stand. Mr. Keller hatte seine Schrift nach den Regeln der Ästhetik gestaltet, aber ein geübtes Auge konnte trotzdem noch gewisse Züge von Primitivität darin erkennen.

›Am Sonnabend brauche ich 3000 Pfund. Ich übersiedle dann auf den Kontinent und werde Dich nie wieder belästigen. Oder ist es Dir lieber, wenn ich mich an Eddie wende?‹

»Hat er denn selbst kein Geld?« fragte Anna überrascht. »Er sagte mir, er wäre sehr reich, besäße eine große Farm in Australien ... Wollen Sie ihm das Geld geben?«

Mary Arranways faltete das Blatt wieder zusammen und steckte es in die Tasche zurück.

»Er weiß genau, daß ich keine dreitausend Pfund habe, aber er erwartet, daß ich meinen Mann darum bitte.«

Anna sah sie erst verständnislos an, aber dann begriff sie plötzlich.

»Das ist ja Erpressung!«

Mary nickte.

»So kann man es nennen. Scheußlich, nicht wahr? Ich weiß wirklich nicht, was ich tun soll.«

»Daß so jemand überhaupt weiterleben darf! Man sollte ihn ... Ach, ich benehme mich wirklich hysterisch. Entschuldigen Sie bitte.«

Mary stand auf und gab Anna die Hand.

»Würden Sie so freundlich sein, die Balkontür aufzuschließen? Ich möchte außen herum gehen. Nun gute Nacht, und haben Sie Dank für Ihr Zuhören.«

Anna schloß auf, und Mary trat hinaus, wich aber sofort wieder ins Zimmer zurück.

»Da draußen ist ein Mann!« sagte sie leise.

Annas Herz fing an zu hämmern.

»Wo?«

»Am hinteren Ende – sehen Sie, dort!«

Ängstlich schaute Anna durch den Türspalt. Zuerst konnte

sie nichts entdecken, aber dann sah sie, daß sich am Ende des langen Balkons eine Gestalt bewegte und gleich darauf verschwand.

»War das . . .?« fragte sie leise.

»Nein, Keller war es nicht. Meiner Meinung nach war es ein viel größerer Mann. Ich dachte zuerst an Mr. Rennett, aber bei der Beleuchtung konnte ich natürlich keine Einzelheiten erkennen.«

Sie warteten noch fünf Minuten, aber die Gestalt erschien nicht wieder.

»Wollen wir nicht lieber die Tür zumachen?« fragte Anna ängstlich.

»Ich muß in das Zimmer meines Mannes. Dort liegt etwas ... etwas, das mir gehört und das ich brauche. Die Tür zum Gang ist abgeschlossen. Vielleicht ist die Balkontür auf.«

Sie trat in die Dunkelheit hinaus. Anna wartete eine Weile. Dann hörte sie die Stimme von Lady Arranways.

»Es ist alles in Ordnung, ich danke Ihnen. Ich gehe jetzt wieder in mein Zimmer. Gute Nacht.«

Anna schloß die Balkontür ab und zog die Vorhänge zu.

15

Collett kehrte gerade von seinem scheinbar harmlosen Spaziergang durchs Dorf zurück, als plötzlich ein Mann kurz vor ihm eilig die Straße überquerte. Der Chefinspektor ging schneller und kam an die Stelle, wo der Fremde durch eine Öffnung in der Hecke verschwunden war. Hier mündete der Fußweg auf die Straße, die am Gasthaus vorbeiführte.

Rechts und links dehnte sich eine Schonung aus. Collett bückte sich und blickte den Pfad entlang. Das Gelände stieg etwas an, und die Bäume ringsum behinderten seine Sicht. Er folgte dem Weg bis auf eine Wiese, konnte aber niemanden sehen. Der Mann hatte wahrscheinlich gemerkt, daß er verfolgt wurde, und sich im Gehölz versteckt. Das war verdächtig. Vielleicht handelte es sich um einen Wilderer.

Collett hätte sich als Chefinspektor von Scotland Yard eigentlich nicht um solche Lappalien zu kümmern brauchen, aber er war neugierig, und außerdem konnte man in dieser Gegend nie wissen, wen man aufstöberte und was alles passieren konnte.

Er nahm seine Taschenlampe und leuchtete nach allen Seiten.

Allerdings konnte er sich vorstellen, wie sich der Mann beim ersten Aufblitzen des Lichtstrahls flach auf die Erde werfen würde. Diese Vermutung war auch berechtigt, denn der Mann lag im hohen Gras und beobachtete mit Genugtuung, wie der Lichtstrahl hin und her wanderte und schließlich wieder erlosch.

Collett ging zum Gasthaus zurück. Er war gerade an der kleinen Pforte angelangt, die auf das Grundstück Lorneys führte, als er einen Mann sah, der schräg von hinten auf ihn zukam, aber sofort stehen blieb, als er Collett erblickte.

»Wer ist da?« rief er mit scharfer Stimme, und Collett erkannte, daß der Mann offenbar Angst hatte.

»Alles okay. Mein Name ist Collett.«

»Ach, Verzeihung, ich wußte nicht... Mein Name ist Keller. Ich habe gerade einen Spaziergang gemacht. Wenn Sie nichts dagegen haben, gehe ich mit Ihnen zum Gasthaus zurück. Ich habe mich verspätet.«

»Ach«, erkundigte sich Collett interessiert, »hatten Sie eine Verabredung?«

»Nein, nichts Offizielles. Ein Mädchen aus dem Dorf versprach mir, mich heute abend zu einem Spaziergang zu treffen.«

»Sie sind doch ein Freund der Arranways, nicht?«

Keller zögerte.

»Ach, im Moment bin ich allein. – Sie wohnen auch im Gasthaus, nicht wahr? Suchen Sie etwa den ›Alten‹?«

»Ja – unter anderem. Aber ich bin auch zur Erholung hier. Wer war denn das Mädchen aus dem Dorf?«

Keller wunderte sich über diese indiskrete Frage.

»Sie erwarten doch nicht, daß ich in Einzelheiten gehe, oder? Es war ein kleines Abenteuer. Man sollte so etwas nicht anfangen.«

Sie betraten zusammen die Diele. Mrs. Harris war an der Theke eingeschlafen und wurde von ihnen geweckt.

»Ich glaube, es sind alle ins Bett gegangen«, gab sie Auskunft. »Nur Captain Rennett ist noch nicht zurück. Lady Arranways hat sich auch hingelegt. Ich brachte ihr noch ein Glas heiße Milch.«

»Ist sie in ihrem Zimmer?« fragte Keller schnell.

»Na, hören Sie mal, junger Mann, eine Dame geht doch nur in ihrem eigenen Zimmer ins Bett«, erwiderte Mrs. Harris in moralischem Ton.

»War sie den ganzen Abend zu Hause?« fragte Keller, der sonderbar blaß geworden war.

Als er in seinem Zimmer war und die Tür abgeschlossen hatte, nahm er ein Blatt Papier aus der Tasche. Es war ein Bogen des Gasthauses. Er las zum zehnten Male die Sätze, die darauf standen. Eine halbe Stunde, nachdem er seinen Brief an Lady Arranways unter ihre Tür geschoben hatte, war dieses Blatt bei ihm unter der Türritze erschienen. Schließlich steckte er es wieder ein.

Nach einer Weile hörte er leise Schritte auf dem Holzboden des Balkons und sprang nervös auf. Seine Knie zitterten, und er ließ sich erleichtert wieder auf sein Bett fallen, als die Schritte an seiner Tür vorbeigingen. Morgen wollte er nach London fahren und dort auf Mary warten. Sicher würde sie ihm das Geld bringen. Er nahm den Zettel noch einmal heraus und studierte ihn eingehend.

Ja, morgen mußte er weg. Sketchley und alle Leute hier machten ihn nervös. England war überhaupt ein heißes Pflaster geworden.

Er zog eine Schublade seines Schreibtisches auf, holte einen Browning heraus und lud ihn. Wenn jemand versuchen würde, ihm zu nahe zu kommen, mußte er vorbereitet sein. Dann konnte er keine Rücksichten mehr nehmen.

Wieder glaubte er draußen Schritte zu hören und horchte krampfhaft. Vielleicht war es Mary, die mit ihm über die Angelegenheit sprechen wollte. Vielleicht war es auch Anna? An sie durfte er gar nicht denken. Sie hatte ihn tiefer beeindruckt als je eine Frau zuvor. Zweimal hatte sie ihn jetzt schon abgewiesen, aber darauf durfte man nicht zuviel geben. Die meisten Frauen pflegten sich erst eine Weile zu sträuben. Es schien dazuzugehören. Wenn er nur an das junge Mädchen in Brisbane dachte!

Er drehte das Licht aus, zog die Vorhänge beiseite und schaute hinaus. Das Geländer des Balkons konnte er sehen, das sich in strengem Muster von dem mondüberglänzten Rasen abhob, aber ein Mensch war nicht zu entdecken.

Nein, nach Paris wollte er nicht gehen, lieber nach Den Haag. Dort hatte er Verbindungen und konnte sich leichter absetzen – vielleicht nach Südamerika.

Wieder lauschte er. Er schlich zum Fenster und schaute hinaus.

Eine Frau! Mary Arranways kam vom Zimmer ihres Mannes zurück. Sie mußte an seiner Tür vorbei. Sollte er hinausgehen und sie um eine Erklärung bitten? Vielleicht wollte sie ihn auch sprechen? Aber bevor er sich entschlossen hatte, war sie schon vorbei.

Anna Jeans fiel ihm ein. Mary war zwar eine charmante Frau, eine jener Damen der guten englischen Gesellschaft, von denen man soviel in Romanen und Illustrierten las. Aber jetzt bedeutete sie nur noch das große Geschäft für ihn.

Man mußte ja sagen, daß sie wirklich eine Frau mit Kultur war. Es hatte schon so seine Vorteile, wenn man mit vornehmen Damen verkehrte. Erstens warf es ein günstiges Licht auf einen selbst, und zweitens waren sie so gut erzogen, daß sie keine Szenen beim Abschied machten. Er bewunderte ihre Selbstbeherrschung.

Aber Anna war weniger anstrengend. Man mußte, so bildete er sich ein, bei ihr nicht dauernd etwas darstellen, was man im Grunde doch nicht war, nicht ständig den feinen Mann markieren.

Keller seufzte. Kurz entschlossen griff er nach der Kognakflasche.

Leer, verdammt noch mal!

Er klingelte, aber niemand kam.

Wütend riß er die Tür auf und ging bis vorne an die Treppe.

Unten sah er Charles die Theke abwischen.

»Mann, ich habe geklingelt! Sitzen Sie denn auf Ihren Ohren?«

»Sie wissen doch, daß Ihre Klingel nicht funktioniert«, brummte Charles ebenso unliebenswürdig. »Was regen Sie sich denn so auf?«

Keller bestellte eine neue Flasche Kognak.

Er ging in sein Zimmer zurück. Diesen Kellner mit dem häßlichen, harten Gesicht konnte er nicht ausstehen. Sicher hatte er ihn belogen und die Klingel kaltlächelnd überhört.

Kurz darauf kam Charles.

»Mr. Lorney könnte sich wirklich Kellner halten, die besser auf Draht sind«, sagte Keller ärgerlich. »Aber es ist wohl im Gefängnis nichts Besseres zu haben.«

Charles warf ihm einen haßerfüllten Blick zu, sagte aber nichts.

Draußen kam ein Auto den Zufahrtsweg herauf. Sofort wurden Kellers Befürchtungen wieder wach. Wer konnte es sein? Vielleicht Lorney? Um den brauchte er sich nicht besonders zu kümmern.

Mr. Lorney hatte den Wagen auch gehört, trat vors Haus und knipste am Eingang die große Beleuchtung an. Den eleganten Rolls Royce kannte er nicht. Lord Arranways stieg aus. Es war der Wagen, den die Arranways in London hatten.

Lorney war etwas überrascht, als er auch Dick aussteigen sah.

»Ich habe meine Geschäfte in London erledigt«, sagte der Lord, »und bleibe die Nacht hier. Den Schlüssel von meinem Zimmer hatte ich mitgenommen. Hoffentlich hat er Ihnen nicht gefehlt.«

Als der Wirt gegangen war, um Charles zu rufen, redete Dick noch einmal auf seinen Schwager ein, wie er es schon die ganze Fahrt über getan hatte.

»Ich muß mir aber völlig klar darüber werden«, erwiderte der Lord hartnäckig und leicht gereizt. »Das alles habe ich schon einmal durchgemacht, Dick, und ich muß wissen, woran ich bin.«

»Gibt es denn keine andere Möglichkeit, dich darüber zu informieren, als persönlich nachzuschnüffeln? Du wärst wirklich besser in der Stadt geblieben, Eddie.«

Dick war noch spät am Abend zu dem kleinen, zehn Meilen von Sketchley entfernten Dorf gefahren und hatte dort Eddie getroffen. Der Lord hatte sich ein Zimmer im Gasthaus genommen und lief erregt darin auf und ab. Immer tiefer verrannte er sich in die verrücktesten Pläne, wie er seine Frau und ihren Liebhaber überraschen wollte.

»Und was willst du eigentlich tun, wenn du feststellst, daß du mit deinen Befürchtungen recht hattest?«

Der Lord lachte verbittert auf. Er sah alt und vergrämt aus. Dick erschrak über die Veränderung.

»Das hängt davon ab, wie mir dann gerade zumute ist. Wenn ich tatsächlich die Gewißheit hätte, daß sie mich betrügt, würde ich mich vom öffentlichen Leben zurückziehen, irgendwohin gehen und – Kakteen züchten! Entweder das, oder ich würde es auf einen Prozeß ankommen lassen, von dem noch nach fünfzig Jahren gesprochen würde.«

Dick sah ihn entsetzt an.

»Verschwinden und Kakteen züchten, du? So was Idiotisches habe ich wirklich schon lange nicht mehr gehört. Ein Mann wie du, der in der Politik und Gesellschaft eine solche Rolle spielt, kann doch nicht so einfach untertauchen, selbst wenn er möchte.«

Lorney kam zurück, sagte, daß das Zimmer fertig sei und brachte seinen Gast nach oben.

»Soll ich Mylady sagen, daß Sie zurückgekommen sind?«

»Nein. Das ist das einzige, was Sie weder ihr noch irgend jemandem sonst sagen sollen. – Wo ist sie denn?«

»Soviel ich weiß, ist sie ins Bett gegangen.«

»Und – Keller?«

»Der ist seit einiger Zeit in seinem Zimmer. Er fährt morgen nach London ab. – Ich habe Ihre Dolche und Waffen in eine leere Schublade dieses Schranks und Ihre Miniaturen in meinem Safe eingeschlossen.«

Arranways nickte.

»Ich danke Ihnen, Lorney. – Ist etwas passiert, seitdem ich fort war?«

»Nein.«

»Also, Mr. Lorney, ich kann mich auf Sie verlassen, daß Sie Lady Arranways nichts von meiner Rückkehr sagen?«

Er sah Lorney an, schüttelte dann aber den Kopf.

»Nein, ich kann mich nicht auf Sie verlassen. Sie haben mir das erstemal schon etwas vorgelogen – es war zwar gut gemeint von Ihnen, aber es war eben doch eine Lüge. Sie haben Mylady nicht auf dem Flur gefunden.«

Der Wirt sah ihn gerade an. »Ich habe Lady Arranways auf dem Gang unter dem Fenster entdeckt.«

»Würden Sie das auch vor Gericht beschwören?«

»Zehnmal würde ich es beschwören«, gab der Wirt zurück.

Eddie Arranways lehnte sich gegen den Schreibtisch und verschränkte die Arme.

»Eigentlich verstehe ich nicht, warum Sie lügen sollten. Lady Arranways kann Ihnen doch nichts bedeuten. Oder hat sie Ihnen Geld gegeben?«

An dem Zug von Verachtung, der jetzt auf Lorneys Gesicht lag, erkannte der Lord, daß er zu weit gegangen war.

»Es tut mir leid, ich bin heute abend etwas nervös, Mr. Lorney. Bitte lassen Sie mich morgen gegen sieben Uhr wecken – das heißt, wenn ich hier sein sollte!«

Der Lord erklärte diese mysteriöse Bemerkung nicht, aber der Wirt glaubte zu verstehen.

Er ging in sein Privatzimmer, zog den Scheck aus der Tasche und betrachtete ihn eingehend. Dieser Keller besaß wirklich Mut! Dann schloß er ihn im Safe ein.

Als er in die Diele zurückkehrte, saß Collett dort in einem tiefen Sessel, hatte eine Karte auf den Knien und studierte sie.

»Ich habe ihm noch mal was zu trinken 'raufgebracht«, sagte Charles zu Lorney.

»Von wem sprechen Sie – etwa von Mr. Keller?«

»Jawohl.« Charles' Gesicht lief rot an. »Er hat die größten Frechheiten zu mir gesagt – das tut er ja immer. Wenn man einmal im Gefängnis gewesen ist, will einen jeder wieder hineinstecken.«

Lorney drehte sich ungeduldig um.

»Nun machen Sie sich nicht so entsetzlich wichtig! – Ist er schlafen gegangen?«

»Nein, bisher noch nicht.«

Inzwischen war Dick erschienen. Er sah sehr schlecht aus.

Aber ehe er dazu kam, etwas zu sagen, klingelte es dreimal heftig.

Lorney schaute aufs Schaltbrett und wandte sich dann an Charles. »Mr. Keller.« Er runzelte die Stirn. »Ich will mal nachsehen, was er hat.«

Collett beobachtete, wie der Wirt an Kellers Zimmertür anklopfte und hineinging. Bald darauf kam er wieder heraus und blieb in der offenen Tür stehen.

»Sie haben genug gehabt heute abend, Mr. Keller«, sagte er unfreundlich. »Schön, dann gehen Sie woanders hin. Mich wird es nur freuen, wenn ich nichts mehr mit Ihnen zu tun habe.«

Er schlug die Tür hinter sich zu und kam dann herunter. Die Hände hatte er in die Taschen gesteckt. Ohne jemanden anzusehen, ging er mit düsterem Gesichtsausdruck hinter die Theke, drückte die Tür zu seinem Privatzimmer mit der Schulter auf und verschwand.

»Na, der ist ja auf achtzig«, meinte Collett.

»Das kann ich ihm nicht mal verdenken«, entgegnete Dick Mayford. »Gehen Sie zu Lord Arranways und fragen Sie, ob Sie ihm etwas helfen können«, fuhr er dann, zu Charles gewandt, fort.

»Sind Sie Lord Arranways Schwager?« fragte Collett. »Ich dachte, der Lord wäre in London.«

»Er ist heute abend zurückgekommen«, gab Dick kurz Auskunft.

Er war nicht in der Stimmung, sich mit anderen Leuten über die Arranways zu unterhalten, und außerdem hatte er das Gefühl, der gerissene Kriminalbeamte wollte ihn nur im Lauf eines harmlosen Gesprächs ein bißchen aushorchen.

Lorney kam wieder aus seinem Zimmer, ging zur Theke, stützte sich mit beiden Ellenbogen darauf und sah die beiden Männer mit ausdruckslosem Blick an.

»Was ist denn mit Mr. Keller los?« erkundigte sich Collett.

Er sah auf seine Uhr, die etwas nachging, und stellte sie nach der Turmuhr, die gerade halb zwölf schlug.

»Sinnlos betrunken. Er hat heute schon fast zwei Flaschen Kognak leergemacht – da ist es kein Wunder«, antwortete Lorney.

Charles erschien wieder in der Gaststube.

»Lord Arranways ist nicht in seinem Zimmer. Ich glaube, ich habe ihn auf dem Rasen gesehen.«

Lorney wurde vor Ärger rot im Gesicht.

»Zum Teufel, wer hat Sie denn nach oben geschickt...?« begann er.

»Ich«, entgegnete Dick. »Ich wollte nur wissen, ob Lord Arranways etwas wünscht. – Auf dem Rasen haben sie ihn gesehen?«

»Ja, am Fuß der Balkontreppe.«

Ein markerschütternder Schrei unterbrach ihn.

Alle schraken zusammen und sahen sich entsetzt an. Gleich darauf hörten sie ihn noch einmal.

Eine Frau mußte zu Tode erschrocken sein. Ein paar Minuten später kam Mary Arranways oben den Gang entlanggelaufen – geisterhaft blaß. Sie trug einen cremefarbenen Morgenrock, von dem Collett zuerst dachte, er wäre mit roten Blumen bedruckt, bis er erkannte, daß es große Blutflecken waren.

Als sie die Treppe herunterkam, streckte sie die Hände weit von sich. Auch sie waren blutbefleckt.

Dick lief ihr erschreckt entgegen und führte sie vorsichtig zu einem Stuhl.

»Was ist denn passiert?«

»Da oben – da!« rief sie völlig verstört. »Keller – er ist tot, ermordet... auf dem Balkon!«

Im nächsten Augenblick stürzte Collett die Treppe hinauf, rannte den Gang entlang, riß die Tür zu Kellers Zimmer auf und machte Licht. Der Raum war leer. Eine der beiden Balkontüren stand offen. Er trat hinaus.

Keller lag auf dem Rücken. Aus seiner Brust ragte der Griff eines Dolches. Es war der Dolch Aba Khans.

16

Keller war tot, daran konnte es keinen Zweifel geben.

Lorney war dem Kriminalbeamten auf den Balkon gefolgt.

»Haben Sie hier irgendwo eine Lampe?«

Lorney ging wieder nach unten und schaltete die Lampen auf dem Balkon an.

Als er wieder auf den Balkon kam, stand Collett oben an der Treppe und starrte in die Dunkelheit, die nur noch finsterer erschien, nachdem Licht auf dem Balkon brannte.

Plötzlich sah er, wie sich unten etwas bewegte.

»Wer ist da? Kommen Sie sofort herauf!«

Eine Gestalt löste sich aus dem Schatten und stieg langsam nach oben.

»Hallo, Mr. Rennett! Wo waren Sie denn?«

Der Amerikaner schaute ruhig und mit anscheinend rein beruflichem Interesse auf den Toten.

Collett beobachtete ihn scharf.

»Zeigen Sie mir doch bitte einmal Ihre Hände, Mr. Rennett.«

»Gern.«

Nicht die geringste Spur von Blut war daran zu sehen.

»Sie trugen doch Handschuhe, als Sie fortgingen. Kann ich die einmal sehen.«

Rennett lächelte.

»Ihre Beobachtungsgabe, Mr. Collett, ist verblüffend. Leider habe ich sie verloren, als ich sie auszog, weil es mir zu

warm wurde. Vor ein paar Minuten habe ich sie erst vermißt
– als ich Lord Arranways half, den Wagen aus der Garage zu
holen.«

»Was – Lord Arranways ist fortgefahren?« fragte Collett
schnell.

Rennett nickte.

»Er war gerade dabei, sein Auto aus der Garage zu fahren,
als ich vorbeikam und er mich bat, ihm die Tür offenzuhalten.
Er sagte, daß er nach London fahren wolle. Da ich mir nicht
die Hände schmutzig machen wollte, suchte ich nach meinen
Handschuhen, stellte aber fest, daß ich sie verloren hatte.«

»Rufen Sie bitte Mr. Mayford!« bat Collett den Wirt.
»Und melden Sie auch gleich ein Gespräch mit Scotland Yard
an, Apparat 47. Wieviel Telefonanschlüsse haben Sie?«

»Nur einen.«

»Dann schicken Sie doch jemanden zum Arzt, und zur Polizei sollte auch einer gehen.«

»Kann ich Ihnen irgendwie helfen?« fragte Rennett.

Collett, der neben dem Toten gekniet hatte, erhob sich,
staubte seinen Anzug ab und sah den Amerikaner groß an.

»Aber Mr. Rennett, Sie stehen unter Verdacht – jedenfalls
im Augenblick!«

»Und warum?«

»Weil Keller Ihr Schwiegersohn ist. Er hat Ihre Tochter unglücklich gemacht und . . ., aber das brauche ich Ihnen ja nicht
zu erzählen. – Wie hieß er doch gleich in Wirklichkeit?«

»Barton – Boy Barton.«

»Sie haben lange nach ihm gesucht?«

»Wir wollen jetzt nicht darüber sprechen. Nur seinen vollen
Namen möchte ich Ihnen gleich sagen: Randolph Charles Barton. Wenn Sie sich mit der amerikanischen Polizei in Verbindung setzen, wird man Ihnen einiges Wichtige über ihn mitteilen.«

Collett sah ihn nachdenklich an.

»Würden Sie mir den Anzug, den Sie tragen, zur Untersuchung zur Verfügung stellen?«

»Sie wollen nach Blutflecken suchen, nicht wahr? Gut, ich warte, bis mir jemand einen anderen bringt, dann können Sie selbst sehen, wie ich ihn wechsle.«

Collett nahm ein kleines Messer aus der Tasche und öffnete es.

»Gestatten Sie?« sagte er dann und schnitt ein kleines Stückchen Stoff aus dem Ärmelaufschlag Rennetts. »Das wird mich wahrscheinlich einen neuen Anzug für Sie kosten. Wollen Sie jetzt bitte gehen und sich umziehen?«

Rennett war mehr interessiert als verärgert.

»Wollen Sie damit den Anzug kennzeichnen, so daß er nicht verwechselt werden kann? Das muß ich mal drüben im Amerika erzählen. Es wird meine Kollegen sehr interessieren.«

Er ging in sein Zimmer.

Dick Mayford erschien gerade auf dem Balkon.

»Ihr Schwager ist eben fortgefahren. Wissen Sie, wohin und warum er so eilig abgefahren ist?« fragte Collett.

Dick starrte entsetzt auf den Boden. Collett hatte schon fast vergessen, daß der Tote dort lag.

»Ist er wirklich tot?« flüsterte Dick.

»Fassen Sie den Dolchgriff nicht an!« rief Collett, als Dick sich zu Keller herunterbeugte. »Kennen Sie die Waffe?«

Dick zögerte.

»Ja, es ist ein Stück aus der Sammlung von Lord Arranways. – Aber alle Leute hätten sich doch die Waffe aneignen können. – Übrigens ist das der Dolch Aba Khans.«

Collett lächelte spöttisch.

»Das ist wieder was für die Presse. Der romantische Anstrich, der sich so gut verkauft. Ich habe schon von der Geschichte gehört. – Was hat denn Ihre Schwester gesagt, Mr. Mayford?«

»Nichts. Sie ist vollkommen durcheinander. Ich nehme an, daß sie auf den Balkon ging und ihn dort liegen sah –«

»Aber davon können doch die Blutflecken auf ihrem Morgenrock nicht herrühren. Und vor allem waren auch ihre Hände ganz blutig. Sie muß ihn also angefaßt haben. Aber das hat alles noch Zeit. – Wer ist denn das?«

Kopf und Schultern einer Frau erschienen in einer Tür am Ende des Balkons. Collett ging nach hinten und verdeckte mit seinem breiten Rücken den Anblick des Toten.

»Ist jemandem schlecht geworden?« fragte Anna.

»Ja, Miss Jeans. Haben Sie etwas gehört?«

»Vor ein paar Minuten dachte ich, es hätte jemand auf meine Türklinke gedrückt, und stand auf.«

»Haben Sie gesehen, wer es war?«

»Meiner Meinung muß es Mr. Keller gewesen sein«, erwiderte sie leise.

»Wann war das, Miss Jeans?«

Die Frage konnte sie genau beantworten. Sie war aufgestanden und hatte durch die Gardinen hinausgeschaut. Dabei hatte sie Keller erkannt, der ihr offensichtlich etwas zuflüstern wollte. Als er sah, daß sie nicht reagierte, war er weggegangen. Kurz danach hatte die Turmuhr halb zwölf geschlagen.

»Haben Sie sonst nichts gehört? Ein Geräusch, wie wenn jemand hinfällt?«

Sie nickte.

»Ja. – Ich dachte, er wäre betrunken und dann weiter vorne hingefallen. Kurz danach schlug die Uhr halb zwölf.«

»Das ist ja interessant«, sagte Collett. »Können Sie das beschwören?«

»Es ist etwas passiert!« rief sie plötzlich. »Es muß etwas passiert sein – sonst würden Sie mir nicht so viele Fragen stellen.«

»Es handelt sich um Mr. Keller. — Hoffentlich waren Sie nicht zu sehr mit ihm befreundet.«

»Ich bin gar nicht mit ihm befreundet. Ich konnte ihn nicht ausstehen.«

»An Ihrer Stelle würde ich die Tatsache, daß Sie den Mann nicht besonders leiden konnten, nicht allzu laut erzählen, Miss Jeans.«

Sie starrte ihn entsetzt an.

»Ist — ist er ermordet worden?«

Collett nickte und ging wieder zu dem Toten zurück.

Lorney erschien und sagte, daß die Polizeistation von Sketchley benachrichtigt worden sei — ebenso die Kriminalpolizei der Grafschaft.

»Ach, das ist ja zum Auswachsen!« rief Collett verzweifelt. »Da bekommt natürlich Blagdon den Fall zur Bearbeitung. Na, der wird die Karre schön in den Dreck fahren.«

Dann wurde von unten das Gespräch von London gemeldet, und Collett lief hinunter, um Bericht zu erstatten.

17

Inspektor Blagdon erschien und nahm Collett die Bearbeitung des Falles aus der Hand, so daß er sich mehr oder weniger mit der Rolle des passiven Beobachters begnügen mußte. Blagdon, ein großer, stattlicher Mann, der sich viel auf seine Fähigkeiten einbildete, benahm sich grundsätzlich so, daß sich alle über ihn ärgerten — herausfordernd und mit einer geradezu aufreizenden Selbstgefälligkeit.

Um fünf Uhr morgens saß er mit Collett bei einer Tasse Kaffee in der Diele.

»Mein lieber Collett, Sie müssen wissen, daß ich eine fünfunddreißigjährige Praxis in solchen Fällen habe«, sagte er gerade.

»Ach, dann haben Sie wohl jede Woche einen Mord hier in der Gegend?«

»Nein, das gerade nicht«, erklärte Blagdon etwas beleidigt, denn Spott konnte er nicht gut vertragen. »Nein, hier passiert nicht jede Woche ein Mord. Wir leben hier ja schließlich in Surrey und nicht in London oder New York.«

»Oder in Detroit«, fügte Collett lächelnd hinzu. »Vergessen Sie Detroit nicht, Mr. Blagdon.«

»Wir sind hier in England!« Blagdon war ein großer Patriot.

»Zu welchem fremden Land gehört denn dann London?« fragte Collett unschuldig.

»Die Hauptstadt zähle ich überhaupt nicht mit. Aber ich sagte ja schon, man braucht tatsächlich eine beträchtliche Erfahrung. Und wenn man wie ich hier fünfunddreißig Jahre lang nach dem Rechten gesehen hat, können die Beamten von Scotland Yard auch noch was lernen.«

»Gewiß. Ich glaube, man kann den Fall ruhig Ihrer sachkundigen Leitung anvertrauen.«

»Wir haben unsere besonderen Methoden«, sagte Blagdon selbstgefällig. »Zum Beispiel haben Sie, wie ich hörte, einen Anzug von Captain Rennett beschädigt. Nun, wir würden so etwas nie machen. Das ist doch ein unerlaubter Eingriff in die persönlichen Rechte. Man kann doch nicht einfach das Eigentum eines anderen in dieser Weise zerstören! Das ist ja Willkür.«

So ging das Gespräch noch eine Weile weiter.

Collett war nicht nur ein fähiger Kriminalbeamter, er konnte auch ausgezeichnete Berichte schreiben. Um Informationen zu erhalten, hatte er zu allen möglichen Hilfsmitteln gegriffen, hatte Hausmädchen, Kellner, Dorfbewohner und auch Leute aus der näheren Umgebung in Gespräche verwickelt und aus ihren Antworten eine Menge wichtiger Schlüsse gezogen. Für ihn war der Fall eigentlich klar. Es war alles so weit vorbereitet, daß man ihn hätte abschließen können, und nun kam dieser seiner Meinung nach nicht besonders intelligente Blagdon, der ihn völlig ausschaltete.

»Ich will ja nicht behaupten«, sagte Blagdon, »daß an der Geschichte mit dem ›Alten‹ nichts dran ist. Wahrscheinlich lebt ein Mann hier in der Gegend, der in der Rolle des ausgebrochenen Irren auftritt. Vielleicht ist er es auch wirklich selbst.«

»Dann müßte er mittlerweile uralt sein«, meinte Collett, »und da kann er ja nicht mehr ›arbeiten‹. Einbrecher sind meistens mit dreiunddreißig auf dem Gipfel ihres Könnens. Bis fünfundvierzig können sie auch noch allerhand leisten, dann fällt es ihnen aber schwer, an einer Dachrinne hinaufzuklettern.«

Collett wurde dieses Gespräch allmählich langweilig.

»Wo ist eigentlich Lorney?« fragte er, um Blagdon auf andere Gedanken zu bringen.

»Er hat die Nebengebäude durchsucht.«

»Und niemanden gefunden?«

»Nein«, gab Blagdon zu. »Aber ich hoffe, daß er mir ein paar Anhaltspunkte geben kann, die mir weiterhelfen.«

»Die können Sie von jedem hier bekommen. Alle Leute im Dorf werden Ihnen interessante Dinge erzählen, wenn Sie sie fragen, aber das dürfte Sie eher in Verwirrung bringen.«

Collett lehnte sich vor und schlug dem Inspektor vertraulich aufs Knie. Blagdon zuckte zusammen und wischte mit der Hand über die Stelle, als ob sie dadurch staubig geworden wäre.

»Warum rufen Sie nicht Scotland Yard zu Hilfe? Wir sind nicht tüchtiger als ihre Leute, aber wir haben die besten Informationsquellen. Unsere Verbindungen reichen über die ganze Welt. Ich sagte Ihnen doch schon, daß Keller ein entsprungener Sträfling ist. Rennett kennt ihn. Das, zum Beispiel, haben Sie noch nicht gewußt.«

»Rennett hätte es mir schon gesagt. Nein, wir werden hier die Hand an den Pflug legen.«

»Ach, das verstehen Sie nicht«, unterbrach ihn Collett gereizt. Er gab es auf, diesen Mann zu einer vernünftigen Antwort zu bewegen. »Sie sind ja alle in Ordnung, und ich habe auch nichts dagegen, mir mit Ihren Beamten einmal richtig die Nase zu begießen. Aber Sie sind hier in der Provinz zu abgeschlossen! Sie brauchen eine gewandte Führung. Und dazu reicht es bei Ihnen nicht, Blagdon. Es tut mir leid, daß ich Ihnen das sagen muß, aber ich weiß ja, daß Sie es mir doch nicht glauben.«

Blagdon kümmerte sich um diese Grobheit nicht besonders. Er kannte Collett und ließ sich von ihm nicht beleidigen.

»Nun, Sie werden ja noch sehen, daß wir den Fall glänzend lösen werden. Wir brauchen die Spezialisten von Scotland Yard nicht dazu. Die sollen sich um ihren eigenen Kram kümmern. Voriges Jahr wurden in London drei Morde nicht aufgeklärt. Die sollen also uns arme unfähige Hinterwäldler ruhig im dunkeln tappen lassen.«

»Wenn Sie wenigstens noch tappen würden!« stöhnte Collett. »Aber Sie setzen sich hin und verlassen sich auf die Güte des Himmels, der Ihnen sicher hilft. Amen. Soll ich Petrus sagen, daß er Ihnen einen kleinen Engel schickt, der Ihnen mit einer Laterne ein bißchen leuchtet?«

»Wissen Sie denn, wer der Mörder ist?« fragte Blagdon gereizt.

»Natürlich!« fuhr ihn Collett an. »Und ich weiß auch, wer die Rolle des ›Alten‹ hier spielt. Er ist sogar ein lieber Freund von mir. Sie müssen einmal nachmittags zum Tee zu mir kommen, damit ich Sie mit ihm bekannt machen kann!«

18

Trotz der frühen Morgenstunde fand Collett Charles schon bei der Arbeit. Er scheuerte den Fußboden des Balkons, um die Blutflecken zu beseitigen. Er beklagte sich laut und leise darüber, daß er nicht zum Schlafen käme, und schimpfte über Keller. Am meisten regte er sich aber über Blagdon auf.

»Der Kerl hat mich die ganze Nacht ausgefragt, und obwohl ich ihm sagte, daß ich im Gefängnis war – das heißt, Mr. Lorney hat es ihm gesagt –, hat er doch so getan, als ob er es herausgebracht und ich es ihm verschwiegen hätte.«

Blagdon hatte ein Zimmer des Gasthauses zu seinem Büro erklärt und an der Tür einen Polizeibeamten als Wache aufgestellt. Collett sah den Inspektor öfter mit ernstem Gesicht heraus- oder hineingehen, und je länger es dauerte, desto wichtiger kam sich Blagdow offensichtlich vor.

Collett saß in einem Sessel und versuchte zu schlafen, als Blagdon auf ihn zukam.

»Ich habe Kellers Zimmer durchsucht und dort ein paar Dinge entdeckt, die von der größten Bedeutung sind und die Sie vielleicht interessieren werden. Wollen Sie einmal in mein Büro kommen?«

Collett tat es und sah eine Anzahl von Briefen, die hübsch der Größe nach geordnet auf dem Tisch lagen.

»Sehen Sie, das ist methodisches Arbeiten«, erklärte Blagdon. »In diesen Kuverts sind die Dinge, die ich in Kellers Taschen fand, und hier sind die Papiere, die in seinem Zimmer lagen. Wenn wir jetzt alles sichten, wird der Fall ziemlich klar sein.« Er lehnte sich in seinem Sessel zurück.

»Keller, der in Wirklichkeit Barton heißt«, begann er, »wurde vor fünf Jahren wegen eines schweren Einbruchs verurteilt. Sein Komplice war ein gewisser William Radley –«

»Aber das habe ich Ihnen doch alles schon erzählt, als Sie

hierherkamen«, erklärte Collett gelangweilt und schlug ungeduldig auf den Tisch.

»Wenn Sie gestatten, möchte ich doch noch einmal alles zusammenfassen«, erwiderte Blagdon mit größter Höflichkeit. »Keller ist in mehrere Affären verwickelt gewesen, die man nur als ...«

» ... als schmutzig und gemein bezeichnen kann«, half Collett ihm weiter.

»Ja, das wollte ich sagen. Ich danke Ihnen, Mr. Collett. – Keller hat in allen möglichen Kreisen verkehrt. Er hat sich mit Damen der besten Gesellschaft wie auch mit einfachen Mädchen eingelassen. Und hier habe ich nun meine erste Entdeckung gemacht.«

Er öffnete einen Umschlag, nahm ein zusammengefaltetes Papier heraus und legte es vor Collett auf den Tisch. Es war mit Kopierstift und in einer Schülerhandschrift geschrieben.

›Mein lieber Junge, ich warte noch auf eine Gelegenheit, Dich in London zu sehen. Ich kam neulich abends nach Sketchley, trug wie gewöhnlich meinen Bart und brachte einige Wertsachen zurück, die ich vor einem Jahr gestohlen hatte. Ich weiß, daß Du mich für verrückt hältst. Vielleicht bin ich das auch. An einem der nächsten Tage sage ich Dir, warum ich das tue. Ich muß Dich unter allen Umständen sprechen. Kannst Du nicht nach London kommen? Ich kann Dir etwas sagen, das wichtig für Dich ist. Jemand ist hinter Dir her und wird Dich auch fassen. Nach Sketchley darf ich nicht kommen. Schreibe unter der Adresse, die ich Dir gegeben hatte.‹

Das Schreiben war mit W. R. unterzeichnet.

»Dieser Brief wurde meiner Meinung nach von William Radley geschrieben«, erklärte Blagdon.

Collett nahm das Blatt, ging damit zum Fenster, und nachdem er es eingehend geprüft hatte, gab er es zurück.

»Wo haben Sie das gefunden?«

»In Kellers Zimmer. Wenn ich sage, Keller –«

»Dann meinen Sie Boy Barton. Aber wo in seinem Zimmer?«

»In der Kommode zwischen zwei Oberhemden.«

Collett nickte.

»Haben Sie sonst noch etwas in der Schublade gefunden?«

»Nein, das nicht. – Ich komme nun zum nächsten Punkt.«

Blagdon öffnete den zweiten Umschlag und zog ein Scheckbuch und ein gefaltetes Papier heraus.

»Beides fand ich in seinen Taschen. Dieser Brief wirft Licht auf die Beziehungen zwischen Lady Arranways und Keller.«

Es war eine andere, mit Bleistift geschriebene Mitteilung, die keine Anrede hatte.

›Treffpunkt im Wald an der bewußten Bank heute abend 9.30 Uhr. Ich bringe das Geld mit. Mary.‹

»Mary«, sagte Blagdon mit Nachdruck. »Das ist Lady Arranways. Mary ist ihr Vorname.«

Collett gab es auf.

»Nun sehen Sie sich einmal dies an«, fuhr der Inspektor fort und deutete auf den letzten Abschnitt des Scheckbuches.

Collett schaute kurz hin. Das Formular war auf zehntausend Pfund für John Lorney ausgestellt.

»Warum gab Barton Lorney zehntausend Pfund? Dafür gibt es nur eine Erklärung, mein lieber Kollege, vielleicht auch zwei.«

»Vielleicht auch drei oder vier«, brummte Collett. »Erpresser nehmen niemals Schecks. Wenigstens habe ich diese Erfahrung gemacht. Aber ich kann Ihnen eine Erklärung geben: Barton schrieb einen Scheck über diese Summe aus und bat Lorney, ihn einzulösen. Lorney hat es mir erzählt, und ich traue ihm. Keller war gestern abend völlig betrunken, und Lorney nahm die ganze Geschichte nicht ernst. Er steckte den Scheck einfach in die Tasche und legte ihn später in seinen Safe.«

Blagdon starrte ihn verwundert an.

»Woher, um alles in der Welt, wissen Sie denn das?«

»Ich habe die Taschen des Toten schon untersucht, bevor Sie herkamen, und den Brief und das Scheckbuch gesehen. Daraufhin habe ich natürlich Lorney und Lady Arranways um Aufklärung gebeten. Lady Arranways hat das Haus nach dem Abendessen nicht mehr verlassen. Um halb zehn, als das Rendezvous verabredet war, hielt sie sich in ihrem Zimmer auf. Sowohl Charles als auch das Zimmermädchen haben sie dort gesehen. Kann ich Radleys Brief noch einmal durchlesen? Der ist nämlich wirklich interessant!«

Er betrachtete ihn noch einmal eingehend.

»Haben Sie übrigens etwas von Lord Arranways gehört?«

»Nein, in seiner Stadtwohnung ist er nicht angekommen. Natürlich habe ich Scotland Yard gebeten, alle Häfen zu überwachen. Ich glaube, wir können als sicher annehmen, daß er der Mörder ist. Aber ich darf mich dadurch nicht beeinflussen lassen. Natürlich wird jede Spur verfolgt. Ich nehme an, er hat seine Frau und Keller auf dem Balkon überrascht und ihn dann erstochen. Seine Frau wollte er vermutlich auch umbringen, aber sie konnte entkommen.«

Collett sah ihn beinahe ehrfürchtig an.

»Enorm! Dann haben Sie wahrscheinlich auch Lady Arranways unter dieser Voraussetzung vernommen?«

»Selbstverständlich.« Blagdon nickte. »Sie weigert sich aber, irgend etwas auszusagen – das heißt, sie behauptet, meine Vermutung wäre Unsinn. Aber so sind die Leute! Zuerst lügen sie, daß sich die Balken biegen, aber schließlich gestehen sie doch alles ein.«

Dick Mayford ging im Garten auf und ab, als Collett ihn fand. Er sah übernächtigt aus, denn er war noch lange vernommen worden, und die Untersuchungsmethoden von Blagdon und Collett waren sehr verschieden voneinander. Collett bestand darauf, kleine, scheinbar unwichtige Dinge aufzuklären. Seine Fragen waren sehr präzis, während Blagdon mehr allgemeine Fragen stellte, wie zum Beispiel: »Wer hat nach Ihrer Meinung die Tat begangen?«

Dick konnte Collett nicht genau sagen, wann Eddie ihn am vergangenen Abend angerufen hatte.

»Können Sie sich vielleicht noch daran erinnern, wie lange Sie mit Ihrem Schwager gesprochen haben?«

Dick überlegte.

»Ungefähr fünf Minuten.«

»Das Gespräch hat aber siebzehn Minuten gedauert.«

»Ist das so wichtig?« fragte Dick müde. »Meiner Meinung nach war es nicht länger als fünf Minuten. – Was wollen Sie noch wissen?«

»Lord Arranways sagte, daß er nach Sketchley kommen wollte. Hatte er auch die Absicht, die Nacht hier zu verbringen?«

»Darüber hat er nichts gesagt. Wir sprachen meistens von anderen Dingen.«

»Welche anderen Dinge waren das? Sagen Sie mir es bitte. Das ist sehr wichtig.«

Dick zögerte einen Augenblick.

»Nun gut, Sie sollen es erfahren, denn wahrscheinlich hat es Ihnen doch schon jemand erzählt. Lord Arranways ist ziemlich eifersüchtig. Seit dem Brand hat er Keller im Verdacht, sich zu intensiv mit seiner Frau zu beschäftigen. Nun wollte er wissen, was meine Schwester den ganzen Tag getan hätte, und ob sie sich mit Keller getroffen hätte.«

Collett rieb sich das Kinn.

»Ich muß noch eine Frage stellen, Mr. Mayford. Glaubte Ihnen Lord Arranways, als Sie sagten, Ihre Schwester hätte Keller nicht getroffen?«

Dick sah ihn überrascht an.

»Wie kommen Sie darauf? Er hat es mir tatsächlich nicht

geglaubt, im Gegenteil, er war ziemlich gereizt und widersprach mir dauernd. Ich wollte gerade auflegen, als er mich bat, zu ihm zu kommen.«

Collett nickte.

»Das erklärt vieles. Haben Sie sich schon einmal überlegt, wie Eifersucht einen Menschen verändern kann?«

»Ich verstehe nicht«, entgegnete Dick betroffen. »Er war ganz vernünftig, als er hierherkam, obwohl ich merkte, daß er vielleicht . . .«

»Sie meinen, daß er vielleicht etwas Außergewöhnliches vorhatte?«

»Nein, daß er fortgehen könnte, ohne uns zu sagen, wohin. Die Eifersucht hatte ihn völlig aus der Fassung gebracht. Er wäre imstande gewesen, irgendeine Dummheit zu begehen – aber natürlich nicht den Mord«, fügte er schnell hinzu.

Collett kehrte zum Haus zurück; die Diele war leer. Er stieg die Treppe hinauf, ging den Gang entlang und kam dann auf einer schmalen Treppe wieder hinunter in die Küche. Charles saß am Tisch und trank Tee. Er sah den Kriminalbeamten finster an.

»Ich sage Ihnen gleich, Mr. Collett, daß ich keine Fragen mehr beantworte. Ich habe von heute nacht noch genug. Ich werde jetzt schlafen, ob es Mr. Lorney nun paßt oder nicht.«

Collett ließ sich an der anderen Seite des Tisches nieder. Die Köchin stellte sich daneben, weil sie hoffte, irgend etwas Interessantes zu hören. Collett ließ sich eine Tasse Tee machen, um sie wenigstens eine Weile abzulenken.

Charles wurde unruhig. Er sah den Chefinspektor nicht an.

»Mr. Collett, ich habe schwere Zeiten hinter mir, und ich möchte jetzt ein anständiges Leben führen. Wenn ich etwas von dem Mord wüßte –«

»Natürlich wissen Sie nichts davon. Sie könnten nur etwas wissen, wenn Sie dabeigewesen wären«, erwiderte Collett freundlich. »Aber ich möchte wissen: Warum haben Sie gestern zwölf Minuten mit Lord Arranways telefoniert? Was wollte er von Ihnen?«

»Am Telefon?« erkundigte sich Charles vorsichtig. »Ich habe nicht viel gesagt. Der Lord fragte, wo Mr. Mayford wäre, und bat mich, ihn an den Apparat zu rufen.«

»Sonst nichts?«

»Ich würde vor Gericht beschwören –«

»Mir liegt nichts an Ihren Meineiden. Was haben Sie sonst noch gesprochen?«

Charles schwieg.

»Bitte zeigen Sie mir doch einmal, was Sie in den Taschen haben.« Der Kellner erhob sich und brummte ärgerlich: »Sie haben kein Recht –«

»Nun hören Sie mal gut zu, mein Lieber. Sie wissen ganz genau, daß ich Sie festnehmen und zur nächsten Polizeistation bringen kann, bis feststeht, daß Sie nichts mit dem Mord zu tun haben. Aber das will ich gar nicht. Sie sollen nur meine Fragen anständig beantworten.«

Charles leerte seine Taschen aus und legte schließlich zögernd zwei neue Fünfpfundnoten auf den Tisch zu den anderen Sachen.

»Woher haben Sie das Geld?«

»Ein Freund von mir –«

»Reden Sie doch kein Blech. Ich will keine Märchen hören. Sie haben keine Freunde, die Ihnen Geld leihen.«

»Lord Arranways hat es mir gegeben«, gestand Charles nach langem Schweigen.

»Gestern abend?«

Charles nickte.

»Wo haben Sie ihn denn gestern abend getroffen?«

»In seinem Zimmer. Mr. Mayford schickte mich. Ich sollte fragen, ob ich etwas helfen könnte.«

»Welche Auskunft wollte er denn für diese zehn Pfund haben?« fragte Collett ärgerlich über die ausweichende Art dieses undurchsichtigen Burschen. »Ich nehme an, daß Sie Lady Arranways beobachten sollten, nicht wahr?«

Charles rührte sich nicht.

»Sie haben ihm alles berichtet, was Sie gesehen haben oder was Sie glaubten gesehen zu haben. Deswegen hat es auch am Telefon so lange gedauert. Ich habe mich nämlich mal auf der Post erkundigt.«

Charles machte Anstalten, das Zimmer zu verlassen, aber Collett rief ihn zurück.

»Ich werde Sie schon zum Sprechen bringen«, brummte Collett. »Was haben Sie dem Lord gesagt?«

»Also, Sie sollen es hören. Ich habe ihm erzählt, daß Mylady den ganzen Nachmittag mit Keller zusammen war. Ich wußte nicht, ob es stimmte, aber das wollte er doch hören. Und einem Mann, der so wütend ist, muß man doch sagen, was er wissen will. Etwas anderes hätte er mir sowieso nicht geglaubt.«

»Mit anderen Worten: Sie haben gelogen«, sagte Collett streng. »Lady Arranways hat Mr. Keller am Nachmittag überhaupt nicht gesprochen.«

Charles sah unruhig nach rechts und links, nur nicht Collett in die Augen.

»Ich habe in meinem ganzen Leben keine Chance gehabt –«, begann er.

»Und jetzt glauben Sie, bei Lord Arranways leicht zu Geld zu kommen, indem Sie ihm Nachrichten besorgen, zuerst richtige, später falsche. – Wahrscheinlich war der Lord sehr aufgeregt, nicht wahr?«

»Ja, ein bißchen«, gab Charles zu.

Collett nickte.

»Sie können gehen, mein Lieber.«

Die Köchin brachte ihm den Tee, und er trank nachdenklich die Tasse aus.

19

Collett ging wieder nach draußen in den Garten. Obwohl es schon spät am Vormittag war, machte das Haus doch einen verlassenen Eindruck. Lady Arranways hatte die Vorhänge zugezogen. Als Collett quer über den Rasen ging und zum Balkon hinaufschaute, öffnete sich eine Tür, und Anna Jeans kam heraus. Sie trug ein Kostüm, und er schloß daraus, daß sie bald abreisen wollte. Blagdon würde das natürlich nicht zulassen.

Sie kam herunter.

»Ach, es war ein schreckliches Erlebnis«, sagte sie, als sie bei ihm war. »Ist er noch . . .?«

Collett schüttelte den Kopf.

»Nein, man hat ihn weggebracht. – Wollen Sie in die Stadt fahren?«

»Hat Ihnen das jemand gesagt?« fragte sie schnell.

»Nein, das sehe ich an Ihrem Kostüm.« Er lächelte. »Ich würde mir diese Fahrt aber nicht gerade heute vornehmen. Inspektor Blagdon, der den Fall bearbeitet, würde Sie wahrscheinlich als Zeugin schwer vermissen.«

Sie schaute ihn verständnislos an.

»Aber ich bin doch keine Zeugin! Ich kannte Mr. Keller zwar, aber ich konnte ihn nicht ausstehen.«

»Das haben Sie mir schon gestern gesagt. Unter keinen Umständen würde ich das Blagdon erzählen. – Wollen Sie mir nicht anvertrauen, was Sie von Keller wissen?« fragte er. Als er sah, daß sie zögerte, fuhr er fort: »Ich habe ja nichts mit der Untersuchung dieses Falles zu tun. Ich gebe zu, daß ich Sie nur aus Neugierde frage, aber vielleicht kann ich Ihnen auch helfen.«

Nun erzählte sie ihm alles, was sie mit Keller erlebt hatte. Es war unangenehm für sie, aber auch erleichternd.

»Nun, dann sind Sie ja völlig außer Verdacht«, sagte er, als sie ihren Bericht beendet hatte.

Sie sah ihn bestürzt an.

»Hat mich denn jemand in Verdacht gehabt?«

»Blagdon war der Ansicht, daß da ein Zusammenhang bestehen müßte, und es könnte doch sein, daß er durch irgendein dummes Gerede noch fester davon überzeugt würde. Außerdem habe ich mit einem der Hausmädchen gesprochen. Die hat mir erzählt, daß sie gestern gehört hätte, wie Sie zu Mr. Mayford beim Abendessen sagten, Sie könnten gut verstehen, wie man dazu käme, einen Menschen umzubringen. Das Mädchen hat nebenan in der Anrichte Geschirr gespült und es durch das Schiebefenster mitangehört.«

Sie sah ihn entsetzt an.

»Blagdon weiß es noch nicht, weil er sich nie um das kümmert, was man so nebenbei erfahren kann. Er sucht immer den Kronzeugen, der zusah, wie der Mord begangen wurde und womöglich die Tat noch fotografierte. Aber es wäre doch möglich, daß dieses Mädchen plötzlich vom Ehrgeiz gepackt wird und glaubt, etwas Wichtiges aussagen zu können. – Ist in Ihren Gesprächen mit Keller übrigens jemals das Wort ›Augenbrauen‹ gefallen?«

Sie waren bei einer Bank angekommen und setzten sich.

»Wie können Sie das wissen?« fragte sie überrascht. »Sie waren doch nicht dabei? Es ist ja fast unheimlich, worüber Sie alles Bescheid wissen!«

»Also hat er das Wort erwähnt?«

»Ja. Er sagte, er interessiere sich für meine Augenbrauen. Ich glaubte, er wollte damit nur versuchen, näher an mich heranzukommen. Aber es schien ihn wirklich zu interessieren. Er sah sie genau an und lachte dann.«

Kurze Zeit darauf trat Collett in Mr. Blagdons Büro, um sich zu erkundigen, wie weit der Inspektor mit seinen Nachforschungen gekommen wäre. Als ob er es geahnt hätte, stand dort das Mädchen, von dem er soeben gesprochen hatte, vor dem Schreibtisch des Inspektors. Blagdon warf ihm einen triumphierenden Blick zu.

»Gut, daß Sie kommen! Ich wollte gerade mit Ihnen sprechen. Dies junge Mädchen hier hat mir etwas sehr Interessantes erzählt. Wissen Sie, was Miss Jeans gestern abend gesagt hat? Sie möchte am liebsten diesen Keller umbringen! Was sagen Sie dazu?«

»Ich glaube, alle, die ihn näher kannten, hätten ihm am liebsten das Genick umgedreht. Er war aber auch so gemein, daß ich das gut verstehen kann.«

Blagdon ließ das Mädchen seine Aussage unterschreiben und entließ es.

Blagdon gab Collett das Blatt.

»Lesen Sie das mal.«

Der Chefinspektor las es durch und gab es zurück.

»Die ganze Geschichte ist völlig wertlos. Das ist der völlig unbewiesene Klatsch eines kleinen Mädchens, das sich wichtig machen will.«

Blagdon biß sich auf die Lippe.

»Zu schade, daß ich nicht hier war, als die Tat begangen wurde! Ich hätte sofort die Hände und Kleider der jungen Dame genau untersucht. Zu schade.«

»Ja, das finde ich auch«, sagte Collett sarkastisch. »Dann hätte der Mörder Sie auch gleich umbringen können und dann hätte Scotland Yard die Untersuchung übernehmen müssen. Da Sie nun aber nicht hier waren, ich hingegen gleich nach der Tat auf den Balkon kam und dabei auch Miss Jeans sah, kann ich Ihnen sagen, daß sie offenbar erst ein paar Sekunden vorher aufgestanden war. Weder ihr Morgenrock noch ihre Hände zeigten Spuren von Blut. Und ich gehe mit Ihnen jede Wette ein, daß sie mit dem Mord nicht mehr zu tun hat als die Wetterfahne auf dem Kirchturm im Dorf. – Haben Sie übrigens schon die Untersuchungsergebnisse von Rennetts Anzug?«

»Ja. Sie sind eben angekommen. Das Resultat ist negativ.«

»Und die Sachen der anderen Leute?«

»Die habe ich nicht zu sehen verlangt. Ich hielt das nicht für notwendig.«

»Nicht einmal den Anzug des Kellners?«

Blagdon sah ihn betroffen an.

»Sie meinen doch nicht etwa Charles? Der hat doch mit der Sache nichts zu tun.«

Collett zog sich einen Stuhl heran.

»Geben Sie mir eine Zigarre«, sagte er in gespielt anmaßendem Ton.

Blagdon faßte widerwillig in die Tasche.

»Ich habe nur noch zwei.«

»Ich kann auch nur eine auf einmal rauchen«, entgegnete Collett und nahm sich eine. »Ich habe Ihnen doch gesagt, daß Charles ein alter Verbrecher ist. Er haßte den Toten. Keller zog ihn immer damit auf, daß er schon öfter gesessen hat.«

Aber Blagdon war es unangenehm, auf einen Fehler hingewiesen zu werden. Er zog eine Schublade auf und nahm ein Stück Stoff aus einem Umschlag.

»Sehen Sie sich das einmal an.«

Es war ein Stück Leinen von heller Farbe. Die dunklen Flecken darauf konnten nur Blut sein.

»Es wurde am hinteren Ende des Gartens gefunden, direkt hinter den Rhododendronbüschen«, bemerkte Blagdon wichtig, denn er platzte fast vor Stolz über dies neue Beweismaterial. »Einer meiner Leute hat es zufällig entdeckt.«

Collett betrachtete es sorgfältig.

»Und wo ist das andere Stück, das dazu gehört? Haben Sie das noch nicht?«

Blagdon sah ihn verwirrt an.

»Ein anderes Stück?«

»Ja, genauso groß wie dieses...« Er schwieg einen Augenblick. »Nein, ich habe mich geirrt, es gibt sicher nur dies eine. Der Fund ist wirklich wichtig. Wahrscheinlich kommt jetzt noch mehr zutage.«

Er legte das Stück Stoff in den Umschlag zurück und verließ schnell das Zimmer.

Im Park bat er den Gärtner um eine Auskunft und fand dann mit Hilfe des Mannes die Stelle, wo das Feuer in der Mordnacht gebrannt haben mußte.

In der Nähe floß ein Bach vorbei. Der Chefinspektor ging darauf zu und betrachtete ihn nachdenklich. Als er gerade wieder umkehren wollte, entdeckte er ein Stück Seife im Gras, bückte sich und hob es auf. Es war eben erst benutzt worden und konnte erst seit kurzem dort liegen. Langsam ging er zur Feuerstelle zurück. Dort stellte er fest, daß er nicht mehr allein war.

Lady Arranways beobachtete ihn aus einiger Entfernung. Er mochte sie eigentlich recht gern, und seinem Gefühl nach hatte sie keine Schuld an dem Verbrechen.

»Suchen Sie noch immer?« fragte sie, als er näher kam. »Eine dumme Frage, nicht wahr? Vermutlich haben Sie noch nichts von meinem Mann gehört?«

»Nein, leider bis jetzt noch nichts.«

»Was haben Sie denn da?« erkundigte sie sich mit einem Blick auf das in ein Taschentuch gewickelte Stück Seife.

»Ich nehme immer Seife mit, wenn ich aufs Land fahre«, antwortete er lächelnd. »Man kann nie wissen, ob man welche vorfindet.«

»Ist sonst noch nichts Neues bei den Nachforschungen herausgekommen?«

Ihr übernächtigtes Gesicht verriet ihm, daß sie nicht geschlafen hatte. Etwas weiter entfernt stand eine Bank. Er schlug vor, daß sie sich dort hinsetzten. Eine Weile unterhielten sie sich über die Ereignisse des vergangenen Abends, ohne aber ihren Mann zu erwähnen.

»Glauben Sie eigentlich an die Existenz des ›Alten‹?« fragte Collett.

Zu seiner Überraschung antwortete sie nicht gleich.

»Ich weiß nicht recht ... So viele Leute haben ihn gesehen. Sie wissen doch, daß er auch bei uns im Schloß eingebrochen ist? Er wäre tot, wenn ich meinem Mann nicht in den Arm gefallen wäre, als er auf ihn schießen wollte.«

Collett schnitt ein anderes Thema an: »Ich muß jetzt eine unangenehme Frage an Sie stellen, Lady Arranways. Bitte glauben Sie nicht, daß ich Sie aushorchen will und nachher mit meinen Kenntnissen hausieren gehe. Vielleicht können Sie mir eine Antwort geben: War Keith Keller Ihr Geliebter?«

Zu seinem Erstaunen nickte sie, sah ihn aber nicht an.

»Ihr Mann wurde eifersüchtig, als er einmal den Verdacht hatte, nicht wahr? – Wußten Sie eigentlich, wer Keller in Wirklichkeit war?«

Sie nickte wieder.

»Es muß schrecklich für Sie gewesen sein, als Sie das erfuhren. – Er hat versucht, Sie zu erpressen. Ich habe den Brief gesehen.«

»Ich habe ihm nicht geschrieben, jedenfalls nichts Derartiges.«

»Ich wußte, daß Sie ihm geschrieben haben, aber derjenige, der den Brief abgefaßt hatte, wußte, daß Keller Geld von Ihnen wollte. War es viel?«

Sie nannte die Summe, und Collett nickte.

»Verzeihen Sie mir bitte, aber ich muß Sie noch etwas fragen: Waren Sie in Kellers Zimmer in der Nacht, als das Feuer ausbrach?«

Diesmal sah sie ihn ernst an, ehe sie antwortete.

»Ja.«

»Und Lorney wußte es? Er hat Sie und Keller gerettet?«

Sie nickte.

»Und er hat nichts verraten? So viel Anständigkeit hätte ich ihm doch nicht zugetraut.«

»Ich weiß auch nicht, warum er es getan hat. Er sagte, es wäre aus Dankbarkeit, weil ich ihm einmal das Leben gerettet hätte, aber ich kann mir gar nicht vorstellen, wann das gewesen sein soll.«

Collett sprang plötzlich auf.

»Natürlich! Das ist das fehlende Glied in der Kette!«

20

Mary schaute ihn erschrocken an.

»Verzeihen Sie bitte, es tut mir leid, daß ich Ihnen einen Schrecken eingejagt habe. Ich bin nur so glücklich, daß mir endlich ein guter Gedanke gekommen ist. Den ganzen Tag habe ich schon darauf gewartet.«

Er zeigte auf einen alten Weidenbaum, dessen graugrüner Stamm sich von den dunklen Tannen abhob.

»Was würde ich wohl finden, wenn ich jetzt in dem hohlen Stamm nachsuchte?«

Sie verstand sein seltsames Benehmen nicht.

»Was erwarten Sie denn zu finden?«

»Ein paar alte Knöpfe.«

Sie glaubte, er wäre von der durchwachten Nacht vielleicht ein bißchen durcheinander, aber ehe sie noch erkannte, daß er genau wußte, was er sagte, sprach er weiter.

»Lady Arranways, ich habe eine Bitte. Lassen Sie sich in der nächsten Zeit von mir beraten. Ich hoffe, daß ich Ihnen helfen kann. Tun Sie nichts ohne mein Wissen, und wenn Blagdon Sie vernehmen sollte, erzählen Sie mir genau, was er wissen wollte und was er sagte. Sollte der Mörder inzwischen gefaßt werden, so glauben Sie mir, daß ich nichts damit zu tun habe. Das Wichtigste ist jetzt, daß wir Ihren Mann finden. Sie haben wirklich keine Ahnung, wo er sein könnte? Und Sie können mir auch nicht erklären, warum er fortgegangen ist?«

»Ich habe eine Art Erklärung. Er hat zu Dick gesagt, wenn sich sein Verdacht als wahr erweisen sollte, würde er irgendwohin fahren und sich von allem zurückziehen. Er könnte es nicht ertragen ... Ich liebe Eddie trotz allem sehr«, fuhr sie nach einer Weile mit leiser Stimme fort. Sie stand auf, und auch Collett erhob sich.

»Aber das kann nicht die richtige Erklärung dafür sein, Mr. Collett, denn er war nicht lange genug im Gasthaus, um etwas Nachteiliges über mich zu erfahren. Oder glauben Sie doch?«

Collett wich dieser Frage aus. Er wußte ja, was Charles dem Lord berichtet hatte.

»Konnten Sie in sein Zimmer?«

»Nein«, sagte sie sofort. »Ich habe es versucht, aber beide Türen waren abgeschlossen.«

Er sah wieder zu der hohlen Weide hinüber, dann fragte er Mary, ob sie möglicherweise einen kleinen Spiegel bei sich hätte.

Sie nahm einen aus ihrer Handtasche, und er ging damit zu dem Baum. Dort leuchtete er mit Hilfe seiner Taschenlampe und des Spiegels ins Innere der Weide. Anscheinend hatte er aber keinen Erfolg, denn er gab ihr den Spiegel zurück.

»Es ist nichts dort – wenigstens nichts, was mich interessiert.«

»Haben Sie die Knöpfe nicht gefunden?« fragte sie lächelnd.

»Nein, nicht einmal die«, entgegnete er traurig. »Die Stelle war auch zu offensichtlich.«

Sie lachte.

»Wenn Sie ebenso klug wie geheimnisvoll sind, Mr. Collett,

dann müssen Sie der tüchtigste Beamte von ganz Scotland Yard sein.«

»Das bin ich auch«, erklärte er bescheiden.

»Der Mensch macht mich noch verrückt«, stöhnte Lorney Collett gegenüber. »Blagdon hat mich doch tatsächlich gefragt, wieviel Alkohol ich hier hätte, wieviel gestern morgen und wieviel gestern abend verbraucht wurde und wer besonders viel getrunken hätte.«

Collett stellte mit Vergnügen fest, daß Blagdon auf dem besten Weg war, sich überall restlos unbeliebt zu machen.

»Ja, mein lieber Mr. Lorney«, sagte er salbungsvoll. »Sie verstehen eben nichts von den wissenschaftlichen Methoden der Kriminalpolizei. Inspektor Blagdon stellt seine Fragen sicher nicht ohne Grund. Und vor allem muß doch etwas geschehen, vergessen Sie das nicht.«

Rennett hatte die Erlaubnis erhalten, nach London zu fahren. Es war erstaunlich, daß Blagdon das gestattete. Collett erkundigte sich sogleich bei ihm nach dem Grund dieses seltsamen Widerspruchs zwischen seinen Worten und seinem Verhalten.

Blagdon war sehr höflich, erklärte aber, daß das seine Sache wäre und daß er keine Einmischung Dritter dulde. Er ließ sogar durchblicken, daß es ihm nicht unlieb wäre, wenn Collett auch nach London zurückkehrte.

Aber Collett nahm das nicht so tragisch und ging weiter seinen privaten Erkundigungen nach.

Im Gasthaus war ein weiterer Amateurdetektiv an der Arbeit, von dem weder Collett noch Blagdon etwas ahnten: der Kellner Charles, dessen asoziales Wesen Collett richtig erkannt hatte. Charles Green wollte sich nicht bessern, sondern so angenehm wie möglich leben.

Er hatte zehn Pfund in der Tasche und außerdem dreißig Pfund in seinem Zimmer versteckt, die er so nach und nach betrunkenen Gästen abgenommen hatte, die er zu Bett bringen mußte.

Durch die Untersuchung Mr. Blagdons war er ein wichtiger Zeuge geworden, aber das Gespräch mit Collett hatte ihm gezeigt, in welcher Gefahr er schwebte. Nachdem er sich alles überlegt hatte, erinnerte er sich an das Beispiel, das ihm Keller gegeben hatte. Charles hatte erfahren, daß dieser Mann die Kleinigkeit von dreitausend Pfund als Schweigegeld verlangt hatte, und dachte nun darüber nach, wie er ein Opfer finden könnte.

An Lady Arranways konnte er sich nicht wenden. Sie war gewarnt, und er würde keine Aussichten bei ihr haben. Dann verfiel er auf Anna Jeans, aber als er ihr einmal das Essen aufs Zimmer brachte und eine Andeutung darüber machte, schickte sie ihn einfach hinaus und erzählte Lorney von Charles' Absichten.

Lorney rief Charles zu sich.

»Wenn Sie meine Gäste in Schwierigkeiten bringen, können Sie gehen, das möchte ich nur gesagt haben«, fuhr er ihn an. »Überhaupt ist es besser, wenn Sie morgen mein Haus verlassen. Aber vorher sehe ich mir noch einmal Ihr Gepäck an. Es ist schon öfter hier gestohlen worden, ich wollte Sie anfangs nur schonen.«

Charles, der überzeugt war, daß ihm nichts passieren konnte, brummte: »Nun blasen Sie sich nicht so auf! Mir können Sie ja gar–«

Weiter kam er nicht, denn Lorneys Faust traf ihn unter das Kinn, und er stürzte zu Boden. Der Wirt öffnete die Tür und stieß Charles hinaus.

Nach einer Weile klopfte es, und Charles kam wieder herein. Er hatte eine Beule am Kinn und war ziemlich kleinlaut.

»Es tut mir furchtbar leid, daß ich Sie geärgert habe, Mr. Lorney, aber dieser Mord hat mich ganz durcheinander gebracht. Sie waren immer so gut zu mir und haben mir die Möglichkeit gegeben, ein neues Leben anzufangen –«

»Reden Sie nicht so viel, sondern arbeiten Sie weiter! Sie bleiben hier, nicht wahr?«

Lorney war im Grunde seines Herzens sentimental. Er glaubte immer noch, daß er mit Geduld aus diesem skrupellosen Verbrecher doch noch einen anständigen Menschen machen konnte.

»Ja«, entgegnete Charles schnell. »Ich fühle mich hier sehr wohl. Das ist doch etwas ganz anderes als mein früheres Leben. Damals habe ich mich nie so zufrieden gefühlt.«

Charles hatte jetzt einen Plan. Bisher hatte er sich nur wenig Geld zusammenstehlen können, und wenn es zum Schlimmsten kam und er gefaßt wurde, wurde er zu derselben Strafe verurteilt, ob er nun viel oder wenig gestohlen hatte.

Nach dem Essen rief Lorney Charles zu sich und sagte ihm, er solle in seinem Privatzimmer aufräumen. Auf diese Gelegenheit hatte Charles gehofft.

Die oberste Schublade im Schreibtisch war verschlossen. Er wußte, daß sie innen mit Stahl ausgeschlagen war und ein Patentschloß hatte. Es mußten also wertvolle Dinge darin sein.

Den Safe hatte er schon oft mit sehnsüchtigen Blicken betrachtet. Damen, die zum Wochenende herkamen, gaben Lorney ihren wertvollen Schmuck in Verwahrung. Auch Geld lag darin und eine interessant aussehende schwarze Kassette.

Da er sah, daß er so nicht weiterkam, räumte er rasch fertig auf und ging dann zu Blagdon.

»Aber wenn Sie wissen, wo Lord Arranways ist«, wandte der Inspektor ein, »warum sagen Sie mir dann seine Adresse nicht? Ich könnt mich doch mit ihm in Verbindung setzen!«

Charles schüttelte den Kopf.

»Das kann ich nicht. Sie können ihn sowieso nicht erreichen.«

»Aber er muß doch von dem Mord gelesen haben. In allen Zeitungen steht etwas darüber.«

»Da, wo er sich aufhält, kriegt er keine Zeitungen zu Gesicht.«

Blagdon sah ihn scharf an.

»Sie wissen doch, daß ich Sie zwingen kann, Aussagen zu machen, nicht wahr?«

»Davor habe ich keine Angst«, meinte Charles. Dann machte er dem Inspektor einen Vorschlag. Blagdon hörte interessiert zu und versprach, ihm in einer Stunde mitzuteilen, ob sich da etwas machen ließe.

21

Kurz vor dem Abendessen ließ Blagdon Lady Arranways in sein Büro kommen. Ein Stenograf war anwesend, um alles mitzuschreiben, und Mary machte sich auf eine unangenehme halbe Stunde gefaßt.

Es wurde auch wirklich unangenehm. Blagdon stellte ihr völlig ungerechtfertigte Fragen über Dinge, die sie allein angingen.

Als er ihr zu dumm wurde, stand sie plötzlich auf.

»Ich bleibe nicht länger hier«, sagte sie erregt. »Sie haben nicht das Recht, mich derart zu verdächtigen.«

»Schließen Sie die Tür!« rief Blagdon dem Stenografen zu.

Mary aber lief zum Fenster und rief um Hilfe.

Dick war draußen im Garten und hörte sie, aber Collett war noch schneller zur Stelle.

»Was ist denn hier los?« fragte er durchs Fenster.

»Der Inspektor hat mich beleidigt – er hat die Tür abschließen lassen!« rief Mary etwas zusammenhanglos.

»Bringen Sie Ihre Schwester fort«, sagte Collett zu Dick.

»Und Sie können auch gehen«, wandte er sich an den Polizeistenografen.

»Holen Sie sofort Sergeant Raynor und Sergeant Clarke!« rief Blagdon wütend.

»Das wird Ihnen noch leid tun«, sagte Collett scharf. Als der Beamte gegangen war, fuhr er fort: »Wie können Sie nur solche Dummheiten machen, Blagdon! Sie bringen sich um Kopf und Kragen, wenn Sie so weitermachen.«

»Diese Frau ist die Mörderin!« Blagdons Stimme überschlug sich beinahe. »Deshalb ist doch auch Arranways verschwunden. Er wußte, daß seine Frau schuldig war, und floh, um sie zu schützen und den Verdacht auf sich zu lenken. Sie hat Keller erstochen. Sie ist in das Zimmer ihres Mannes gegangen und hat die Mordwaffe herausgeholt. Ich habe Miss Jeans gefragt. Sie hat mir gesagt, daß sie Lady Arranways an dem Abend noch gesprochen hat und daß sie hinterher in das Zimmer ihres Mannes gehen wollte, um etwas zu holen. Natürlich den Dolch, mit dem Keller ermordet wurde!«

Collett sah ihn ruhig an.

»Lady Arranways war nicht in dem Zimmer ihres Mannes.«

Zwei Sergeanten erschienen draußen vor dem Fenster. Blagdon schickte sie wütend wieder fort.

»Sie haben die Sache von Anfang an falsch angepackt«, fuhr Collett unbarmherzig fort. »Es wäre besser, Sie gingen nach Guildford zurück.«

»Wissen Sie denn, wer der Mörder ist?«

»Ja.«

Blagdon hatte die Hände in den Taschen vergraben und ging im Zimmer auf und ab. Er war noch wütend, aber vor allem entsetzlich unsicher. Dieser Collett konnte einem wirklich die Hölle heiß machen!

»Lassen Sie vor allem Lady Arranways in Ruhe«, riet ihm Collett. »Was für ein Leichtsinn, so mit einer Frau umzugehen, die bestimmt ein halbes Dutzend Freunde im Parlament hat. Wenn sie etwas gegen Sie unternimmt, sind Sie erledigt!«

Mary Arranways verbrachte auf Colletts Rat hin die meiste Zeit in Gesellschaft ihres Bruders, und da Dick und Anna mittlerweile unzertrennlich geworden waren, saß man gewöhnlich zu dritt im Zimmer von Lady Arranways. Dort wurde auch das Abendessen serviert. Merkwürdigerweise war Charles seit neuestem von einer geradezu erstaunlichen Höflichkeit und Aufmerksamkeit.

Als er den zweiten Gang hereinbrachte, fiel Mary etwas ein.

»Ach, sagen Sie doch Mr. Lorney, daß ich morgen früh abfahre, und bitten Sie ihn, mir dann meinen Schmuck auszuhändigen.«

»Jawohl, Mylady«, sagte Charles beflissen.

»Sie haben die Juwelen aus dem Brand retten können?« fragte Anna teilnehmend.

»Sie lagen im Safe in der Bibliothek und haben nicht im geringsten unter der Hitze des Feuers gelitten«, entgegnete Mary gleichgültig. »Eddie wollte sie eigentlich zur Bank schicken, aber er muß es vergessen haben.«

Charles hatte die Tür nur angelehnt und lauschte draußen. Sein Plan nahm immer festere Formen an. Blagdon hatte ihn kurz vorher zu sich gerufen und ihm mitgeteilt, daß er den Vorschlag annähme. Nun mußte Charles seine Zeit genau einteilen. Um 9.25 Uhr mußte es klappen. Es waren an diesem Tag mehr Gäste als gewöhnlich zum Abendessen gekommen, und er hatte viel zu tun. Endlich klopfte er an Lorneys Zimmertür. »Kann ich Sie einen Augenblick sprechen?«

Lorney saß an seinem Schreibtisch und wandte Charles den Rücken zu. Der Kellner schloß die Tür und sah auf die Uhr, die auf dem Kamin tickte. Es war zwanzig Minuten nach neun.

Fünf Minuten später verließ er das Büro wieder und machte die Tür sorgfältig hinter sich zu. Unter dem Arm trug er eine kleine schwarzlackierte Kassette. Collett wunderte sich, als er das sah, aber im nächsten Augenblick war Charles verschwunden.

Es herrschte eine gespannte Atmosphäre im Haus. Collett konnte sich nicht denken, weshalb es jetzt schon so weit war. Er hatte vermutet, daß es erst am nächsten Morgen Schwierigkeiten geben würde, nämlich dann, wenn Blagdon wieder nach Guilford zurück mußte und das sicher nicht ohne den Schuldigen tun würde. Mit ein bis zwei Verhaftungen mußte man wahrscheinlich rechnen.

Nach einer Weile kam Blagdon zu ihm.

»Jetzt können Sie es ja ruhig wissen«, sagte er. »Ich werde Lord Arranways noch heute hier haben. Ich hoffe, Sie sind überrascht.«

»Wo ist er denn?«

Das wußte Blagdon nicht. Er zuckte die Schultern.

»Das kann ich leider noch nicht sagen. In London sicher, wenn auch nicht direkt in der City, aber er wird um elf Uhr fünfzehn hier sein.«

Er schaute auf die Uhr.

»Zwanzig vor zehn.«

»Ich dachte, er wäre gar nicht mehr in England?«

»Ach, was für ein Blödsinn!« fuhr Blagdon ihn an. »Alle Häfen werden überwacht, und alle Tankstellen und Autoverleihfirmen sind verständigt. Es ist ausgeschlossen, daß er hinauskommt. Und außerdem –«

Collett sah plötzlich, wie sich der Gesichtsausdruck des Inspektors veränderte. Blagdon starrte fassungslos auf die Tür, und er hatte auch allen Grund, sich zu wundern.

Lord Arranways stand im Türrahmen und zog sich langsam die Handschuhe aus.

22

Blagdon hatte sich gefaßt und ging ihm entgegen.

»Darf ich mich vorstellen? Inspektor Blagdon. Ich leite die Untersuchung im Mordfall Keith Keller.«

Lord Arranways sah ihn kühl an.

»Ich bin gekommen, um Näheres über den Fall zu erfahren.« Er nickte Collett freundlich zu. »Wenn ich mich nicht irre, sind Sie Mr. Collett? Ich habe gehört, daß Sie den Fall bearbeiten.«

»Nein«, fuhr Blagdon dazwischen, »da sind Sie falsch informiert. Ich führe die Untersuchung allein durch. Lord Arranways, bitte sagen Sie mir, warum Sie gestern das Haus verließen und wo Sie waren.«

»Ein bißchen umständlich, Ihnen zu erklären, warum ich das Haus verließ, aber wo ich war, sollen Sie wissen: Ich bin heute morgen nach Paris geflogen und eben wieder zurückgekommen.«

Blagdon war völlig durcheinander.

»Aber Sie haben doch mit Charles telefoniert!«

Der Lord runzelte die Stirn.

»Was Sie nicht sagen! Davon weiß ich ja gar nichts, und ich war auch nicht in London.«

»Das ist aber nicht möglich! Aus diesem Grund fährt doch eben Charles mit einem Polizeiwagen nach London!«

»Also da hört sich doch alles auf!« brach Collett los. »Sie haben doch den Mann nicht etwa nach London geschickt? – Wo ist Lorney?«

Er rief den Wirt, erhielt aber keine Antwort. Daraufhin ging er hinter die Theke und klopfte an der Tür des Privatzimmers.

»Sind Sie da, Mr. Lorney?«

Er lauschte und hörte plötzlich ein leises Stöhnen. Als er die Tür aufmachte, sah er anfangs in der Dunkelheit nichts, aber gleich darauf erkannte er die Umrisse einer Gestalt am Schreibtisch. Er knipste das Licht an.

Lorney lag vornübergebeugt mit dem Oberkörper auf der Schreibtischplatte. Collett rief Blagdon zu Hilfe, und die beiden Männer trugen den Bewußtlosen in die Diele. Dort lagerten sie ihn auf den Fußboden und legten ein Kissen unter seinen Kopf. Lorney hatte eine große Wunde am Hinterkopf, und Collett ließ sofort einen Arzt holen.

Dr. Southey war noch mit dem Verbinden beschäftigt – er hatte festgestellt, daß es keine gefährliche Wunde war –, als Lorney wieder zu Bewußtsein kam. Die erste, die er sah, war Lady Arranways. »Ihr Schmuck ist gestohlen, Mylady«, brachte er mühsam hervor.

»Ach, machen Sie sich darum jetzt keine Sorgen. Wer hat Sie denn überfallen? – Charles?«

Lorney antwortete nicht. Sein Kopf schmerzte furchtbar. Dr. Southey wollte ihn sofort ins Bett stecken, aber davon wollte Lorney nichts hören.

Blagdon starrte ihn düster an und wandte sich dann verzweifelt an Collett.

»Dieser Green hat mich belogen! Das hätte ich nie von ihm gedacht. – Aber schließlich kann jeder mal was falsch machen.«

»Wo ist er denn hin?« fragte Collett sachlich.

Blagdon überlegte, was Collett schon äußerst verdächtig vorkam.

»Wenn ich ehrlich sein soll, weiß ich es auch nicht. Er wollte zu einer Adresse in der New Kent Road. Ich habe dem Chauffeur gesagt, er solle tun, was Green verlange.«

Collett grinste.

»Das heißt also, daß Charles fahren kann, wohin er will. Er hat einen guten Wagen, und der Chauffeur ist angewiesen, seinen Anordnungen Folge zu leisten. Das sind ja Zustände wie bei den Hottentotten.«

Lorney saß am Fenster, während der Arzt ihn fertig verband. Plötzlich fühlte er, wie sich eine Hand auf seinen Arm legte. Als er den Kopf wandte, sah er, saß es Anna war.

»Es tut mir so leid«, flüsterte sie.

Er nahm ihre Hand und streichelte sie.

»Warum sind Sie so traurig?«

Sie sah ihn erstaunt an.

»Ich – ich werde es Ihnen sagen, wenn wir allein sind.«

Tränen traten ihr in die Augen, auf ihrem Gesicht lag ein Ausdruck, den er früher noch nie bei ihr gesehen hatte.

Inzwischen hatte Blagdon alle Polizeistationen in der Umgegend telefonisch verständigt, daß ein Polizeiwagen mit einem Beamten und einem Mann in Zivil unterwegs sei – wahrscheinlich Richtung London oder nach Süden zur Küste –, der sofort angehalten werden sollte. Aber von keiner Station erhielt er eine positive Antwort.

Blagdon stand mit Collett zusammen in der Diele und versuchte vergeblich, seine Verzweiflung zu verbergen.

»Alles ist meine Schuld. Ich habe Scotland Yard gebeten, die Seehäfen zu überwachen, die Flugplätze habe ich natürlich vergessen. Aber man kann auch nicht an alles denken. In so einem komplizierten Fall wie diesem sollte man wirklich –«

»Nein, Sie können wirklich nicht an alles denken«, sagte Collett ironisch, aber Blagdon merkte es nicht. Er ging wieder in sein Büro.

Collett wartete in der Diele auf Lord Arranways, aber der schien fürs erste nicht zu kommen.

Der Lord saß oben im Zimmer seiner Frau. Mary hatte ihn darum gebeten, denn sie wollte etwas mit ihm besprechen

»Warum bist du zurückgekommen?« fragte sie ihn, als sie allein waren.

»Ich habe in der Zeitung von dem Mord gelesen, und da war es doch selbstverständlich, daß ich kam.«

»Aber warum?«

Er schaute sie nachdenklich an. Irgendwie sah er älter und gereifter aus, und seine Stimme klang nicht mehr so kalt und sarkastisch.

»Ich will es dir sagen. Ich dachte, du hättest Keller ermordet. Ich halte es auch jetzt noch nicht für ausgeschlossen.«

Sie starrte ihn an, aber noch bevor sie etwas erwidern konnte, sprach er weiter.

»Wenn das stimmte, mußte ich natürlich zurückkommen, denn ich betrachte mich jetzt selbst als schuldig. Hast du ihn ermordet?«

Als sie den Kopf schüttelte, holte er erleichtert Luft.

»Gott sei Dank! Seitdem ich den Bericht in der Zeitung gelesen habe, machte ich mir die größten Sorgen.«

»Eddie, Keller war wirklich mein Freund – ich glaube, du hast es geahnt. Manchmal denke ich, ich hätte ihn tatsächlich umbringen sollen.«

Der Lord schwieg.

»Ich war unverzeihlich leichtsinnig«, fuhr Mary fort, »aber das ist noch keine Entschuldigung. Ich haßte ihn schließlich. Er versuchte mich zu erpresssen, aber das ist nicht der wahre Grund. Nun ist er tot, und ich bin fast froh darüber.«

Sie sah ihn fragend an.

»Es tut mir furchtbar leid, Eddie. Ich möchte nicht, daß du mir verzeihst, wenn du es nicht mit ganzem Herzen tun kannst. Vielleicht ist es überhaupt unmöglich.«

Es fiel ihm schwer, zu antworten und den richtigen Ton zu treffen.

»Ich habe mich durchgekämpft und bin darüber hinweg. Ich meine – über die Sache zwischen dir und Keller. Ich habe furchtbare Stunden hinter mir, aber mir ist klargeworden, daß ich ebenso die Verantwortung daran trage wie du.« Er machte eine Pause. »Wenn dies alles vorüber ist – willst du es dann noch einmal mit mir versuchen? Wollen wir von vorn anfangen – und die ganze Sache vergessen?«

Sie glaubte ihren Ohren nicht zu trauen.

Er nahm ihre Hände in die seinen.

»Es tut mir so leid, daß alles so gekommen ist«, sagte er. »Willst du es noch einmal versuchen?«

Sie schüttelte mutlos den Kopf. »Ich wage es kaum.«

Er lächelte.

»Du denkst an meinen Stolz, an meine Eitelkeit, an meine Unversöhnlichkeit, nicht wahr? Ich glaube kaum, daß ich mich sofort von all meinen Fehlern frei machen kann – aber möchtest du mir nicht ein wenig dabei helfen? Nach allem bist du mir auch etwas schuldig. Laß uns noch einmal anfangen, ja?«

Sie nickte, und er küßte sie.

»Nun will ich hinuntergehen und Blagdons Fragen beantworten«, sagte er dann.

Als er nach unten kam, herrschte dort große Aufregung. Dick Mayford war soeben mit seinem Wagen angekommen. Im Fond lag der Fahrer des Polizeiautos – bewußtlos.

»Heben Sie ihn heraus. Ich glaube, sein Bein ist gebrochen. Es ist ein Unglück passiert: Er lag allein auf der Landstraße.«

Drei Polizeibeamte trugen ihn ins Haus.

»Wo ist denn Charles Green – der Kellner?«

»Das weiß ich nicht«, erwiderte Dick. »Der Mann hier konnte es nicht sagen. Er kam nur kurz zu sich und sagte, daß die Bremsen seines Wagens versagt hätten und daß er hinausgeschleudert worden wäre.«

»Aber wo ist denn das Auto!« rief Blagdon aufgeregt.

»Das muß irgendwo abgestürzt sein. Ich hatte keine Zeit, mich danach umzuschauen. Auf der Straße war es jedenfalls nirgends zu sehen.«

»Um Himmels willen!« Blagdon griff sich an den Kopf.

»Holen Sie doch Mr. Collett«, beauftragte er dann einen Wachtmeister.

Das war das Eingeständnis seiner Niederlage.

Gleich darauf erschien Collett und orientierte sich durch ein paar Fragen über die Lage der Dinge.

»Ist die Stelle weit entfernt?«

»Nein, ungefähr eine Meile. Es war im Wald von Sketchley, und zwar in der Nähe des Steinbruchs.«

»Ach – dann weiß ich, was mit Charles und dem Wagen passiert ist.«

Sechs Polizeibeamte sprangen in Dicks Auto und fuhren in die Nacht hinaus. Collett und Blagdon kamen im Wagen des Lords hinterher.

An der bezeichneten Stelle – am Rand einer abschüssigen Straße oberhalb des Steinbruchs – sahen sie eine große Lücke im Zaun. Der Polizeiwagen hatte ihn durchschlagen, verschiedene Bäume gestreift und war dann über den Rand des Steinbruchs in die Tiefe gestürzt.

»Wie kommen wir nach unten?« fragte Collett zweifelnd.

Hier konnte nur Blagdon weiterhelfen. Er führte sie einen schmalen Pfad hinunter zum Teich, der unterhalb des Steinbruchs lag. Der hintere Teil des Polizeiautos ragte noch aus dem Wasser.

»Hier muß irgendwo ein kleiner Kahn sein!« rief Blagdon.

Nach einer Weile hatte er ihn gefunden. Mit Stöcken brachten sie den Kahn bis zum Auto. Die Hinterräder waren noch halb zu sehen, aber von Charles konnte man keine Spur entdecken.

»Dort liegt etwas am Ufer!« sagte Collett. Es war der schwarze Kasten, den er unter dem Arm des Kellners gesehen hatte, als dieser das Zimmer des Wirts verließ.

»Hier können wir doch nichts mehr tun«, meinte er dann. »Wenn Green nicht entkommen ist, muß er unter dem Wagen liegen. Morgen muß der Teich sorgfältig abgesucht werden.«

Sie kletterten wieder hinauf zur Straße und fuhren zum Gasthaus zurück.

Dort wurde mit Hilfe eines zweiten Schlüssels, den Lorney besaß, der Kasten geöffnet. Unter einem Stapel Banknoten lag ein längliches weißes Kuvert.

»Was wollen Sie damit machen? Soll es verbrannt werden?« fragte Collett.

Lorney sah Anna an, und sie schüttelte den Kopf.

»Nicht, wenn es meine Geburtsurkunde ist«, sagte sie lächelnd. »Ich möchte doch noch einen anderen Beweis meiner Identität haben als den, daß sich unsere Augenbrauen genau gleichen.«

Collett sah die beiden an.

»Es muß schön sein, eine Tochter zu haben, nicht wahr, Mr. Lorney, und vor allem, es auch öffentlich zeigen zu dürfen?«

»Ja«, sagte Lorney. »Haben Sie eigentlich Charles gefunden?« fragte er plötzlich.

»Nein, er ist sicher tot.«

»Nun, was meinen Sie, ist es gut, daß Anna es erfahren hat, daß ich ihr Vater bin?«

»Ich glaube schon.« Collett hatte einen Entschluß gefaßt. »Wenn Sie mir den Rest der Angelegenheit anvertrauen, dann wird sicher alles noch gut.«

23

Mr. Rennett und Mr. Collett speisten an jenem Abend zusammen. Sie hatten sich ein Extrazimmer geben lassen, denn am Abend vor Rennetts Abreise nach Amerika gab es noch einiges zu erzählen.

Keiner von beiden wußte über alles genau Bescheid, und sie hofften, durch einen solchen Gedankenaustausch gewisse Lükken auszufüllen.

Ein neuer Kellner hatte den Kaffee serviert und war dann wieder hinausgegangen. Nun saßen die beiden sich am Tisch gegenüber. Blauer Zigarrenrauch hing zwischen ihnen in der Luft.

»Also, passen Sie auf«, ergriff Rennett das Wort, »ich werde Ihnen erzählen, wie es überhaupt zu der ganzen Geschichte kam: Bill Radley, der sich jetzt John Lorney nennt, und Keller, alias Barton, wurden beide wegen schweren Einbruchs in Australien verurteilt. Radley war ein alter Geldschrankknacker – geradezu ein Spezialist in seinem Fach. Er hatte aber niemals eine Waffe bei sich und war im allgemeinen ein anständiger Mensch, abgesehen natürlich von den Einbrüchen, die er ab und zu beging.«

»Daß er keine Waffe bei sich hatte, muß man ihm unter den Umständen schon hoch anrechnen«, bemerkte Collett.

»Sie entkamen auf dem Transport ins Gefängnis. Barton ging nach Amerika, nachdem er versucht hatte, seinen Partner zu betrügen. Radley kehrte nach England zurück. Als seine Frau – sie starb bei der Geburt – ein kleines Mädchen bekam, beschloß er, daß sie nie erfahren sollte, wer ihr Vater war. Einen Teil von jeder Beute – Radley wußte gut über die Schwäche der menschlichen Natur Bescheid und hatte nie geglaubt, daß er sich noch ändern und seine Verbrecherlaufbahn aufgeben würde – zahlte er daher auf den Namen seiner Tochter bei einer Bank ein. Er hatte erstaunlich viel Glück, und als es ihm seine Verhältnisse gestatteten, gab er Anna Jeans Radley – das ist ihr voller Name – bei einer Familie in Kanada in Pension. Sie wurde in dem Glauben erzogen, daß ihre Eltern gestorben wären. In Lorney sah sie nur einen alten Freund ihres Vaters.

Radley gab dann einem Rechtsanwalt den Auftrag, die Interessen des Mädchens in allen geschäftlichen Dingen zu vertreten. Er erzählte ihm alles und bestimmte, daß Anna jedes Jahr für eine Weile zu ihm kommen sollte.«

»Sie setzen schon allerhand voraus, das ich nicht weiß«, unterbrach ihn Collett. »Wie ist denn Lorney zu dem Gasthaus gekommen?«

Rennett nickte bedauernd.

»Sie haben ganz recht. Ich kann keine Geschichten erzählen. Aber ich weiß darüber auch nicht viel. Er sparte jedenfalls eine größere Summe zusammen, kaufte davon das Gasthaus, beziehungsweise zahlte die erste Rate und ließ sich hier nieder, um ein anständiges Leben zu führen. Aber das Gasthaus war äußerst verwahrlost, und er mußte viel Geld in die Renovierung stecken. Da er das nicht aufbringen konnte, erinnerte er sich wieder an seine alten Fähigkeiten.

Als die Geschichte von dem ›Alten‹ um sich griff und man nirgends genau wußte, ob er nun eigentlich noch lebte oder nicht, fand er es ganz praktisch, einfach die Legende noch eine Weile aufrechtzuerhalten. Er schaffte sich also einen Bart und eine Perücke mit wilden weißen Haaren an. Unter dieser Verkleidung brach er mehrmals hier in der Gegend ein. Aber gerade als er die erbeuteten Wertsachen verkaufen wollte, gewann er unerwartet fünfzigtausend Pfund beim Rennen.

Er begann nun, nach und nach die gestohlenen Sachen wieder zurückzubringen. – Übrigens, das Skelett des wirklichen ›Alten‹ wurde in dem Teich im Steinbruch gefunden, neben der Leiche von Charles Green. – Aber was mir noch immer ein Rätsel ist: Wie kam Lorney dazu, Lady Arranways zu schützen, und zwar so eisern?«

»Das kann ich Ihnen sagen«, erwiderte Collett. »Sie rettete ihm einmal das Leben, als ihr Mann auf ihn schießen wollte; damals schlug sie Arranways' Arm zur Seite. Dankbarkeit ist eben auch eine Tugend von Lorney. Aber erzählen Sie weiter.«

Rennetts Gesicht verdüsterte sich.

»Dann kam Barton hierher. Es war eine furchtbare Entdeckung für Lorney, als sie sich gegenseitig erkannten. Barton sah hierin sofort seinen Vorteil und erpreßte Lorney nach Strich und Faden. Daher der Scheck über zehntausend Pfund, den Lorney einlösen sollte. Der Höhepunkt war aber, daß er Lorneys Tochter nachstieg. Das konnte Lorney nicht ertragen.

Barton hatte Lorneys Geheimnis herausbekommen und gab ihm das zu verstehen. Nun beschloß Lorney, Barton zu beseitigen. Aber das wissen Sie ja. – Nun erzählen Sie bitte den Rest, den ich noch nicht kenne.«

»Arranways hatte vergessen, einen seiner Dolche einzuschließen. Lorney fand die Waffe. Ich sah sie in seiner Hand und redete ihn darauf an. Er gab aber vor, er wolle sie in das Zimmer des Lords zurückbringen, und er nahm auch einen Schlüssel von der Wand.

Zufällig erinnerte ich mich aber später, daß Arranways seinen Schlüssel mitgenommen hatte. Als Lorney dann nach oben ging, steckte er den Dolch unter seinen Rock. Nach einiger Zeit kam er dann wieder und hängte den Schlüssel ans Brett.

Den zweiten Anhaltspunkt erhielt ich, als ich erfuhr, daß Keller kurz vor halb zwölf ermordet worden war. Um die Zeit sah ich Lorney nämlich an der Tür von Kellers Zimmer. Es schien, als ob er mit ihm sprach, aber kurz vorher muß er ihn erstochen haben. Wahrscheinlich hatte er gar nicht die feste Absicht, ihn in dem Augenblick zu ermorden. Aber er muß auf den Balkon hinausgegangen sein und dort Keller gesehen haben, wie er von der Tür seiner Tochter zurückkam. Daraufhin erstach er ihn.

Seine Hände waren blutig, als er die Treppe herunterkam. Geistesgegenwärtig steckte er sie in die Taschen. Später fand unser Freund Blagdon das mit Blut beflecktes Jackenfutter. Lorney hatte es herausgeschnitten und irgendwo im Garten hingeworfen, um die Polizei irrezuführen.

Es muß auch Blut an Lorneys Anzug gewesen sein, und wenn ich den Fall bearbeiten müßte, würde ich ihn wohl kaum vor dem Galgen retten können. Ich hätte die Sachen aller Anwesenden untersuchen lassen, und dabei wäre das Blut entdeckt worden. Aber Blagdon hatte andere Pläne – na, Sie wissen ja Bescheid! In der allgemeinen Aufregung konnte Lorney sich unbemerkt umziehen, die Tasche aus dem gebrauchten Anzug herausschneiden, die Knöpfe abtrennen, damit sie nicht später in der Asche gefunden würden, zu einer entlegenen Stelle gehen und den Anzug mit Petroleum begießen und anzünden. Die Knöpfe habe ich bis jetzt noch nicht entdeckt. – Das ist aber auch das einzige Loch in dem Fall! Sonst ist die Geschichte wohl komplett. – Merkwürdig, daß sich jetzt zwei alte Kriminalbeamte zusammentun, um einen Mörder vor dem Galgen zu bewahren, nicht wahr?«

»Es ist in Ordnung so«, meinte Rennett. »Und wir können uns damit trösten, daß Blagdon wenigstens nicht um den Ruhm kommt, in Charles Green den Mörder von Keller gefunden zu haben.«

»Dem tut es sowieso nicht mehr weh.«

Er goß für Rennett und für sich noch ein Glas Portwein ein und stieß dann mit ihm an.

»Wir wollen auf unser gegenseitiges Wohl trinken«, sagte er, »nämlich auf die beiden klügsten Männer der zwei Erdhälften. Für die europäische Hälfte wenigstens trifft das bestimmt zu.«

Guter Rat von Goldmann
Psychologie

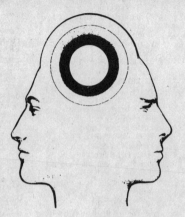

Vera F. Birkenbihl
Kommunikationstraining.
Zwischenmenschliche Beziehungen
erfolgreich gestaltet.
10559 / DM 6,80

Curt Brenger
**Graphologie und ihre praktische
Anwendung.** Mit 106 Schriftproben.
10521 / DM 4,80

Johannes Boeckel
Meditationspraxis
Technik und Methoden
10824 / DM 5,80

Der Ich-Test
Aufgaben zur Selbsterkenntnis.
10798 / DM 9,80

Hanns Kurth
So deute ich Träume.
Mit Beispielen und der Erklärung
von 400 Traumsymbolen.
10507 / DM 4,80
Was deine Hände sagen.
Eine Anleitung, den Charakter aus
der Hand zu deuten.
Mit 74 Abbildungen.
10512 / DM 4,80

Peter Lauster
Der Persönlichkeitstest.
Ein Test- und Beratungsprogramm
zur Entfaltung Ihrer Persönlichkeit.
10739 / DM 5,80

Max Lüscher
**Der 4-Farben-Mensch oder der
Weg zum inneren Gleichgewicht.**
10857 / DM 7,80

Neumarkter Straße 18, 8000 München 80

Edgar Wallace

Alle Wallace-Krimis auf einen Blick

Die Abenteuerin. (164) DM 4,80
A.S. der Unsichtbare. (126) DM 4,80
Die Bande des Schreckens. (11) DM 4,80
Der Banknotenfälscher. (67) DM 4,80
Bei den drei Eichen. (100) DM 4,80
Die blaue Hand. (6) DM 4,80
Der Brigant. (111) DM 4,80
Der Derbysieger. (242) DM 4,80
Der Diamantenfluß. (16) DM 4,80
Der Dieb in der Nacht. (1060) DM 3,80
Der Doppelgänger. (95) DM 4,80
Die drei Gerechten. (1170) DM 4,—
Die drei von Cordova. (160) DM 3,80
Der Engel des Schreckens. (136) DM 3,80
Feuer im Schloß. (1063) DM 3,80
Der Frosch mit der Maske. (1) DM 5,80
Gangster in London. (178) DM 5,80
Das Gasthaus an der Themse. (88) DM 3,80
Die gebogene Kerze. (169) DM 3,80
Geheimagent Nr. sechs. (236) DM 4,80
Das Geheimnis der gelben Narzissen. (37) DM 4,80
Das Geheimnis der Stecknadel. (173) DM 4,80
Das geheimnisvolle Haus. (113) DM 4,80
Die gelbe Schlange. (33) DM 4,80
Ein gerissener Kerl. (28) DM 4,80
Das Gesetz der Vier. (230) DM 4,80
Das Gesicht im Dunkel. (139) DM 4,80
Im Banne des Unheimlichen. (117) DM 5,80
In den Tod geschickt. (252) DM 3,80
Das indische Tuch. (189) DM 4,80
John Flack. (51) DM 4,80
Der Joker. (159) DM 4,80
Das Juwel aus Paris. (2128) DM 3,80
Kerry kauft London. (215) DM 4,80
Der leuchtende Schlüssel. (91) DM 4,80
Lotterie des Todes. (1098) DM 3,80
Louba, der Spieler. (163) DM 4,80
Der Mann, der alles wußte. (86) DM 4,80
Der Mann, der seinen Namen änderte. (1194) DM 3,80
Der Mann im Hintergrund. (1155) DM 4,—
Der Mann aus Marokko. (124) DM 4,80
Die Melodie des Todes. (207) DM 3,80
Die Millionengeschichte. (194) DM 4,80
Mr. Reeder weiß Bescheid. (1114) DM 3,80
Nach Norden, Strolch! (221) DM 4,80
Neues vom Hexer. (103) DM 4,80
Penelope von der »Polyantha«. (211) DM 4,80
Der goldene Hades. (226) DM 3,80
Die Gräfin von Ascot. (1071) DM 3,80
Großfuß. (65) DM 4,80
Der grüne Bogenschütze. (150) DM 4,80
Der grüne Brand. (1020) DM 4,80
Gucumatz. (248) DM 4,80
Hands up! (13) DM 4,80
Der Hexer. (30) DM 4,80
Der Preller. (116) DM 4,80
Der Rächer. (60) DM 4,80
Der Redner. (183) DM 4,80
Richter Maxells Verbrechen. (41) DM 3,80
Der rote Kreis. (35) DM 4,80
Der Safe mit dem Rätselschloß. (47) DM 4,80
Die Schuld des Anderen. (1055) DM 3,80
Der schwarze Abt. (69) DM 4,80
Der sechste Sinn des Mr. Reeder. (77) DM 4,80
Die seltsame Gräfin. (49) DM 4,80
Der sentimentale Mr. Simpson. (1214) DM 4,80
Das silberne Dreieck. (154) DM 4,80
Das Steckenpferd des alten Derrick. (97) DM 4,80
Der Teufel von Tidal Basin. (80) DM 3,80
Töchter der Nacht. (1106) DM 4,80
Die toten Augen von London. (161) DM 3,80
Die Tür mit den 7 Schlössern. (21) DM 4,80
Turfschwindel. (155) DM 4,—
Überfallkommando. (75) DM 4,80
Der Unheimliche. (55) DM 4,80
Die unheimlichen Briefe. (1139) DM 4,80
Der unheimliche Mönch. (203) DM 4,80
Das Verrätertor. (45) DM 4,80
Der viereckige Smaragd. (195) DM 4,80
Die vier Gerechten. (39) DM 4,80
Zimmer 13. (44) DM 4,80
Der Zinker. (200) DM 3,80

Die weltberühmten Afrika-Romane von Edgar Wallace:

Sanders vom Strom.
(6435) DM 5,80
Bosambo.
(6436) DM 5,80
Bones in Afrika.
(6437) DM 5,80
Leutnant Bones.
(6438) DM 5,80
Sanders.
(6439) DM 5,80
Bones vom Strom.
(6440) DM 5,80
Sanders der Königsmacher.
(6441) DM 5,80
Hüter des Friedens.
(6442) DM 5,80

Im Großformat 21 x 28 cm:
Florian Pauer
Die Edgar Wallace Filme
Herausgegeben von Joe Hembus.
Mit über 250 Filmfotos.
DM 19,80

Das vollständige Programm

Goldmann Krimis...
...mörderisch gut

● = Originalausgabe / Preisänderungen vorbehalten

Sammlung dtsch. Kriminalautoren

Fortride, L.A.
Der Chrysanthemenmörder.
(4694) DM 3,80

Plötze, Hasso
Formel für Mord.
● (5609) DM 4,80
Lupara.
● (5607) DM 4,80
Die Tätowierung.
● (4877) DM 4,80
Gift und Gewalt.
● (4886) DM 4,80
Weidmannsheil, Herr Kommissar.
● (5604) DM 4,80
Eine Geisel zuviel.
● (5601) DM 4,80
Fluchtweg.
● (4833) DM 4,80
Die kalte Hand.
● (4845) DM 3,80

Rudorf, Günter
Mord per Rohrpost.
● (5603) DM 4,80

Wery, Ernestine
Die Hunde bellten die ganze Nacht.
(5608) DM 6,80
Sie hieß Cindy.
● (5606) DM 4,80
Auf dünnem Eis.
● (4830) DM 5,80
Als gestohlen gemeldet.
● (5602) DM 4,80
Die Warnung.
● (4857) DM 4,80

Lit. Krimi

Blake, Nicholas
Der Morgen nach dem Tod.
(5217) DM 5,80

Canning, Victor
Das Sündenmal.
(4779) DM 4,80
Querverbindungen.
(5207) DM 5,80

Crispin, Edmund
Morde — Zug um Zug.
(5214) DM 4,80
Der Mond bricht durch die Wolken.
(5205) DM 6,80

A Detection Club Anthology
Dreizehn Geschworene.
(5209) DM 6,80

Dibdin, Michael
Der letzte Sherlock-Holmes-Roman.
(5203) DM 4,80

Doody, Margaret
Sherlock Aristoteles.
(5215) DM 6,80

Ellin, Stanley
Jack the Ripper und van Gogh.
(5212) DM 5,80
König im 9. Haus.
(4811) DM 5,80

Freeling, Nicolas
Castangs Stadt.
(5221) DM 5,80
Die Formel.
(5213) DM 6,80
Inspektor Van der Valks Witwe.
(4897) DM 5,80
Der schwarze Rolls-Royce.
(5206) DM 5,80

Gores, Joe
Dashiell Hammetts letzter Fall.
(4801) DM 4,80
Der Killer in dir.
(4838) DM 4,80

Hare, Cyril
Erschlagen bei den Eiben.
(4774) DM 3,80
Er hätte später sterben sollen.
(4782) DM 3,80

Hill, Reginald
Noch ein Tod in Venedig.
(5219) DM 4,80
Das Rio-Papier
u.a. Kriminalgeschichten.
(5216) DM 5,80
Der Calliope-Club.
(4836) DM 5,80

Hughes, Dorothy B.
Wo kein Zeuge lauscht.
(5210) DM 4,80

Maling, Arthur
Zuletzt gesehen...
(5201) DM 6,80

Neely, Richard
Der Attentäter.
(4556) DM 4,—
Lauter Lügen.
(4816) DM 4,80
Schwarzer Vogel über der Brandung.
(4748) DM 4,80
Flucht in die Hölle.
(4866) DM 4,80
Die Nacht der schwarzen Träume.
(4778) DM 4,80
Das letzte Sayonara.
(5208) DM 6,80

Ruhm, Herbert (Hrsg.)
Die besten Stories aus dem weltberühmten »Black Mask Magazine«
(4818) DM 6,80

Simon, Roger L.
Die Peking-Ente.
(5202) DM 4,80

Swarthout, Glendon
Das Wahrheitsspiel.
(5218) DM 6,80

Symons, Julian
Der Fall Adelaide Bartlett.
(5220) DM 6,80
Am Ende war alles umsonst.
(4773) DM 4,80
Roulett der Träume.
(4792) DM 4,80
Damals tödlich.
(4855) DM 5,80

Taibo II., Francisco J.
Die Zeit der Mörder.
(5222) DM 4,80

Tynan, Kathleen
Agatha.
(5204) DM 4,80

Weverka, Robert
Mord an der Themse.
(5211) DM 4,80

Action-Krimi

Charles, Robert
Sechs Stunden nach dem Mord.
(4760) DM 3,80

Copper, Basil
Mord ersten Grades.
(5408) DM 4,80
Geld spielt (k)eine Rolle.
(5410) DM 4,80

Crowe, John
Ein Weg von Mord zu Mord.
(4766) DM 4,80

Crumley, James
Der letzte echte Kuß.
(5414) DM 5,80

Downing, Warwick
...Zahn um Zahn.
(4747) DM 3,80

Faust, Ron
Der Skilift-Killer.
(4832) DM 3,80

Fish, Robert L.
Die Insel der Schlangen.
(5426) DM 4,80
Ein Kopf für den Minister.
(5415) DM 4,80

Gores, Joe
Überfällig.
(5419) DM 5,80
Zur Kasse, Mörder!
(5418) DM 4,80

Hallahan, William H.
Ein Fall für Diplomaten.
(4823) DM 5,80

Hamill, Pete
Ich klau' dir eine Bank.
(5413) DM 4,80

Jeder kann ein Mörder sein
(5417) DM 4,80

Harrington, William
Scorpio 5.
(4739) DM 4,80

Hubert, Tord
Wenn der Damm bricht.
(4828) DM 4,80

Irvine, R.R.
Der Katzenmörder.
(4745) DM 3,80
Bomben auf Kanal 3.
(4850) DM 4,80

Israel, Peter
Der Trip nach Amsterdam.
(4876) DM 3,80

Jobson, Hamilton
Ein bißchen sterben.
(4888) DM 3,80
Kontrakt mit dem Killer.
(4755) DM 3,80
Richtet mich morgen.
(4808) DM 3,80

Jones, Elwyn
Chefinspektor Barlow in Australien.
(4862) DM 3,80

Kyle, Duncan
Todesfalle Camp 100.
(5402) DM 5,80

Lacy, Ed
Mord auf Kanal 12.
(5422) DM 4,80
Verdammter Bulle.
(5416) DM 4,80
Zahlbar in Mord.
(5406) DM 4,80
Geheimauftrag Harlem.
(5404) DM 4,80

Lecomber, Brian
Schmuggelfracht nach Puerto Rico.
(4861) DM 5,80

MacDonald, John D.
Die mexikanische Heirat.
(5420) DM 4,80

MacKenzie, Donald
Nicht nur Schnappschüsse.
(5425) DM 5,80

Martin, Ian Kennedy
Regan und das Geschäft des Jahrhunderts.
(4834) DM 3,80

Marshall, William
Bombengrüße aus Hongkong.
(4738) DM 3,80
Dünne Luft.
(4722) DM 4,80
Das Skelett auf dem Floß.
(5403) DM 4,80

**Pronzini, Bill /
Malzberg, Barry**
Jagt die Bestie!
(5423) DM 5,80

Rifkin, Shepard
Die Schneeschlange.
(4863) DM 3,80

Ross, Sam
Der gelbe Jaguar.
(5411) DM 4,80

Simon, Roger L.
Das Geschäft mit der Macht.
(4874) DM 3,80
Hecht unter Haien.
(4880) DM 3,80

Stein, Aaron Marc
Der Kälte-Faktor.
(4841) DM 3,80
Unterwegs in den Tod.
(4835) DM 4,80
Auftrag mit heißen
Kurven.
(5412) DM 4,80

Straker, J.F.
Mord unter Brüdern.
(4870) DM 4,80

Topor, Tom
Verblichener Ruhm.
(5424) DM 5,80

Wainwright, John
Joey.
(4810) DM 3,80
Requiem für einen Verlierer.
(4733) DM 3,80
Gutschein für Mord.
(4848) DM 4,80
Nachts stirbt man schneller.
(5407) DM 4,80

Waugh, Hillary
Fünf Jahre später.
(4875) DM 3,80

Way, Peter
Der tödliche Irrtum.
(5421) DM 4,80

Weverka, Robert
Mord an der Themse.
(5409) DM 4,80

Wilcox, Collin
Der tödliche Biß.
(5401) DM 4,80
Das dritte Opfer.
(4689) DM 4,80
Der Profi-Killer.
(5405) DM 4,80

**Wilcox, Collin /
Pronzini, Bill**
Montag mittag San Francisco.
(4884) DM 5,80

Wren, M.K.
Gewiß ist nur der Tod.
(4839) DM 4,80

Rote Krimi

Bagby, George
Ein Goldfisch unter Haien.
(4768) DM 3,80
Die schöne Geisel.
(4853) DM 3,80
Toter mit Empfehlungs
schreiben.
(4864) DM 3,80

Beare, George
Die teuerste Rose.
(4843) DM 3,80

Blake, Nicholas
Das Biest.
(4889) DM 3,80

Brett, Simon
Generalprobe für Mord.
(4826) DM 3,80

Bunn, Thomas
Leiche im Keller.
(4846) DM 5,80

Carmichael, Harry
Liebe, Mord und falsche
Zeugen.
(4847) DM 4,80
Der Tod zählt bis drei.
(4785) DM 3,80

Christie, Agatha
Alibi.
(12) DM 4,80
Dreizehn bei Tisch.
(66) DM 4,80
Das Geheimnis von Sittaford.
(73) DM 4,80
Das Haus an der Düne.
(98) DM 4,80
Mord auf dem Golfplatz.
(9) DM 4,80
Nikotin.
(64) DM 4,80
Der rote Kimono.
(62) DM 4,80
Ein Schritt ins Leere.
(70) DM 4,80
Tod in den Wolken.
(4) DM 4,80

Dolson, Hildegarde
Schönheitsschlaf mit
Dauerwirkung.
(4825) DM 3,80

Durbridge, Francis
Der Andere.
(3142) DM 3,80
Die Brille.
(2287) DM 4,80
Charlie war mein Freund.
(3027) DM 4,—
Es ist soweit.
(3206) DM 4,80
Das Halstuch.
(3175) DM 4,—
Im Schatten von Soho.
(3218) DM 4,—
Keiner kennt Curzon.
(4225) DM 4,—
Das Kennwort.
(2266) DM 4,—
Kommt Zeit, kommt Mord.
(3140) DM 4,—
Ein Mann namens Harry
Brent.
(4035) DM 3,80
Melissa.
(3073) DM 4,—
Mr. Rossiter empfiehlt sich.
(3182) DM 4,80
Paul Temple —
Banküberfall in Harkdale.
(4052) DM 3,80
Paul Temple —
Der Fall Kelby.
(4039) DM 3,—
Paul Temple jagt Rex.
(3198) DM 4,80
Paul Temple und die
Schlagzeilenmänner.
(3190) DM 4,80
Der Schlüssel.
(3166) DM 4,80
Die Schuhe.
(2277) DM 4,80
Der Siegelring.
(3087) DM 4,—
Tim Frazer
(3064) DM 3,80
Tim Frazer und der
Fall Salinger.
(3132) DM 4,80
Wie ein Blitz.
(4205) DM 3,—
Tim Frazer weiß Bescheid.
(4871) DM 4,80
Die Kette.
(4788) DM 4,80
Zu jung zum Sterben.
(4157) DM 3,—

Fleming, Joan
Das Haus am Ende der
Straße.
(4814) DM 3,80

Fletcher, Lucille
Taxi nach Stamford.
(4723) DM 3,80

Francis, Dick
Der Trick, den keiner kannte.
(4804) DM 4,80
Die letzte Hürde.
(4780) DM 4,80

**Gardner, Erle Stanley
(A.A. Fair)**
Alles oder nichts.
(4117) DM 4,80
Der dunkle Punkt.
(3039) DM 4,80
Goldaktien.
(4789) DM 4,80
Die goldgelbe Tür.
(3050) DM 4,—

Heiße Tage auf Hawaii.
(3106) DM 4,80
Im Mittelpunkt Yvonne.
(4749) DM 4,80
Kleine Fische zählen nicht.
(4802) DM 4,80
Lockvögel.
(3114) DM 4,80
Per Saldo Mord.
(3121) DM 4,80
Ein schwarzer Vogel.
(2267) DM 4,—
Der schweigende Mund.
(2259) DM 5,80
Ein pikanter Köder.
(3129) DM 3,80
Sein erster Fall.
(2291) DM 4,—
Treffpunkt Las Vegas.
(3023) DM 4,80
Wo Licht im Wege steht.
(3048) DM 4,80
Der zweite Buddha.
(3083) DM 4,80
Das volle Risiko.
(4852) DM 4,80
Die Pfotenspur.
(4309) DM 4,80

Gilbert, Michael
Geliebt, gefeiert und getötet.
(4911) DM 5,80
Das leere Haus.
(4868) DM 4,80

Goodis, David
Schüsse auf den Pianisten.
(4894) DM 4,80

Gordons, The
Letzter Brief an Cathy.
(4898) DM 5,80
Beeile dich zu leben.
(4765) DM 4,80
FBI-Aktien.
(2260) DM 4,80
FBI-Aktion »Schwarzer Kater«.
(4661) DM 4,—
FBI-Auftrag.
(3053) DM 3,—
Feuerprobe.
(4670) DM 4,—
Geheimauftrag für Kater D.C.
(3072) DM 3,—
Der letzte Zug.
(3074) DM 4,80

Gunn, Victor
Das achte Messer.
(201) DM 4,80
Auf eigene Faust.
(162) DM 4,—
Die Erpresser.
(148) DM 4,—
Das Geheimnis der Borgia-Skulptur.
(205) DM 4,—
Die geheimnisvolle Blondine.
(1232) DM 4,—
Gelächter in der Nacht.
(175) DM 4,—
Gute Erholung, Inspektor Cromwell.
(1137) DM 4,—
Im Nebel verschwunden.
(140) DM 4,—
In blinder Panik.
(1104) DM 4,—
Inspektor Cromwell ärgert sich.
(2036) DM 4,—
Inspektor Cromwells großer Tag.
(143) DM 4,—
Inspektor Cromwells Trick.
(294) DM 4,—
Die Lady mit der Peitsche.
(261) DM 4,80
Lord Bassingtons Geheimnis.
(3028) DM 3,—
Der Mann im Regenmantel.
(2093) DM 4,—
Der rächende Zufall.
(186) DM 4,—
Das rote Haar.
(1289) DM 4,—
Roter Fingerhut.
(267) DM 4,—
Schrei vor der Tür.
(2155) DM 4,—
Schritte des Todes.
(3049) DM 4,80
Die seltsame Idee der Mrs. Scott.
(1122) DM 4,—
Spuren im Schnee.
(147) DM 4,—
Der Tod hat eine Chance.
(166) DM 4,—
Tod im Moor.
(1083) DM 3,80
Die Treppe zum Nichts.
(193) DM 4,—
Der vertauschte Koffer.
(216) DM 4,80
Der vornehme Mörder.
(3062) DM 4,—
Was wußte Molly Liskern?
(1205) DM 4,—
Das Wirtshaus von Dartmoor.
(4772) DM 4,80
Wo waren Sie heute nacht?
(1012) DM 4,—
Die Rosenblätter.
(284) DM 4,80
Zwischenfall auf dem Trafalgar Square.
(254) DM 4,—

Healey, Ben
Letzte Fähre nach Venedig.
(4914) DM 4,80

Hensley, Joe L.
Giftiger Sommer.
(4869) DM 3,80

Hill, Peter
Mord im kleinen Kreis.
(4824) DM 3,80

Howard, Hartley
Der große Fischzug.
(4887) DM 4,80
Jenseits der Tür.
(4649) DM 4,80
Einmal fängt jeder an.
(4777) DM 3,80
One-Way Ticket.
(4813) DM 3,80
Der Abschiedsbrief.
(4890) DM 4,80
Der Teufel sorgt für die Seinen.
(4759) DM 4,80
Keine kleine Nachtmusik.
(4783) DM 3,80
Fünf Stunden Todesangst.
(4867) DM 3,80
Fahrkarte ins Jenseits.
(4730) DM 4,80
Nackt, mit heiler Haut.
(4715) DM 4,80

Hughes, Dorothy B.
Der Tod tanzt auf den Straßen.
(4900) DM 4,80

Knox, Bill
Frachtbetrug.
(4909) DM 4,80
Zwischenfall auf Island.
(4899) DM 4,80
Tödliche Fracht.
(4906) DM 4,80
Whisky macht das Kraut nicht fett.
(4873) DM 4,80
Gestrandet vor der Bucht.
(4842) DM 3,80

Law, Janice
Zwillings-Trip
(4817) DM 3,80

Lewis, Roy
Morgen wird abgerechnet.
(4856) DM 3,80
Nichts als Füchse.
(4761) DM 3,80

Lockridge, F.R.
Lautlos wie ein Pfeil.
(4051) DM 4,80
Schluß der Vorstellung.
(4750) DM 4,80
Sieben Leben hat die Katze
(4820) DM 4,80

Lutz, John
Augen auf beim Kauf.
(4803) DM 3,80

MacKenzie, Donald
Der Fall Kerouac.
(4901) DM 4,80
Notizbuch der Angst.
(4883) DM 3,80
Die tödliche Lektion.
(4822) DM 3,80

Maling, Arthur
Eine Aktie auf den Tod.
(4807) DM 4,80
Manipulationen.
(4854) DM 4,80

Marsh, Ngaio
Der Tod im Frack.
(4908) DM 6,80
Mylord mordet nicht.
(4910) DM 6,80
Fällt er in den Graben,
fällt er in den Sumpf.
(4912) DM 5,80
Ouvertüre zum Tod.
(4902) DM 5,80
Tod im Pub.
(4904) DM 5,80

Martin, Robert
Gute Nacht und süße
Träume.
(4764) DM 4,80

Nielsen, Helen
Ein folgenschwerer
Freispruch.
(4885) DM 4,80

Ormerod, Roger
Blick auf den Tod.
(4819) DM 3,80

Postgate, Raymond
Das Urteil der Zwölf.
(4896) DM 4,80

Roberts, Willo Davis
Tatmotiv: Angst.
(4776) DM 3,80

Roffman, Ian
Trauerkranz mit Liebesgruß.
(4881) DM 4,80

Sayers, Dorothy
Es geschah im Bellona-Klub.
(3067) DM 4,80
Geheimnisvolles Gift.
(3068) DM 4,80
Mord braucht Reklame.
(3066) DM 4,80

Siller, Hilda van
Der Bermuda-Mord.
(4734) DM 3,80
Das Ferngespräch.
(4758) DM 4,80
Ein fairer Prozeß.
(4635) DM 3,80
Ein Familienkonflikt.
(4767) DM 3,80
Der Hilfeschrei.
(4702) DM 3,80
Küß mich und stirb.
(4743) DM 3,80
Die Mörderin.
(4720) DM 3,80
Pauls Apartment.
(4725) DM 3,80
Die schöne Lügnerin.
(4621) DM 3,80
Niemand kennt Mallory.
(4751) DM 3,80

Smith, Charles Merrill
Reverend Randolph und der
Racheengel.
(4860) DM 4,80
Die Gnade GmbH.
(4905) DM 5,80

Stout, Rex
Die Champagnerparty.
(4062) DM 4,—
Gambit.
(4038) DM 4,—
Gast im dritten Stock.
(2284) DM 4,—
Das Geheimnis der
Bergkatze.
(3052) DM 4,—
Gift à la carte.
(4349) DM 4,—
Die goldenen Spinnen.
(3031) DM 4,—
Morde jetzt — zahle später.
(3124) DM 4,—
Orchideen für sechzehn
Mädchen.
(3002) DM 4,—
P.H. antwortet nicht.
(3024) DM 4,—
Das Plagiat.
(3108) DM 4,80
Der rote Bulle.
(2269) DM 4,—
Der Schein trügt.
(3300) DM 4,—
Vor Mitternacht.
(4048) DM 4,—
Per Adresse Mörder X.
(4389) DM 4,80
Zu viele Klienten.
(3290) DM 4,—
Zu viele Köche.
(2262) DM 4,—
Das zweite Geständnis.
(4056) DM 4,—
Wenn Licht ins Dunkle fällt.
(4358) DM 4,—

Truman, Margaret
Mord im Weißen Haus.
(4907) DM 5,80

Upfield, Arthur W.
Bony stellt eine Falle.
(1168) DM 4,—
Bony übernimmt den Fall.
(2031) DM 4,80
Bony und der Bumerang.
(2215) DM 4,—
Bony und die Maus.
(1011) DM 4,80
Bony und die schwarze
Jungfrau.
(1074) DM 4,80
Bony und die Todesotter.
(2088) DM 4,—
Bony und die weiße Wilde.
(1135) DM 4,—
Bony wird verhaftet.
(1281) DM 4,80

Fremde sind unerwünscht.
(1230) DM 4,—
Gefahr für Bony.
(2289) DM 4,—
Die Giftvilla.
(180) DM 4,80
Ein glücklicher Zufall.
(1044) DM 4,80
Die Junggesellen von
Broken Hill.
(241) DM 4,80
Der Kopf im Netz.
(167) DM 4,80
Die Leute von nebenan.
(198) DM 4,80
Mr. Jellys Geheimnis.
(2141) DM 4,—
Der neue Schuh.
(219) DM 4,80
Der schwarze Brunnen.
(224) DM 4,—
Der streitbare Prophet.
(232) DM 4,80
Todeszauber.
(2111) DM 4,—
Viermal bei Neumond.
(4756) DM 4,80
Wer war der zweite Mann?
(1208) DM 4,—
Die Witwen von Broome.
(142) DM 4,80
Bony kauft eine Frau.
(4781) DM 3,80

Wainwright, John
Gehirnwäsche.
(4903) DM 4,80

Wallace, Penelope
Toter Erbe — guter Erbe.
● (4893) DM 3,80
Das Geheimnis des
schlafwandelnden Affen.
● (4849) DM 3,80

Weinert-Wilton, Louis
Die chinesische Nelke.
(53) DM 5,80
Der Drudenfuß.
(233) DM 4,80
Die Königin der Nacht.
(281) DM 4,80
Der Panther.
(5) DM 4,80
Der schwarze Meilenstein.
(4741) DM 4,80
Der Teppich des Grauens.
(106) DM 4,80
Die weiße Spinne.
(2) DM 4,80

Woods, Sara
Kommt nun zum Spruch.
(4913) DM 4,80
Der Mörder tritt ab.
(4878) DM 4,80
Verrat mit Mord garniert.
(4882) DM 4,80
Ein Dieb oder zwei.
(4784) DM 4,80

Große Reihe

Das vollständige Programm / Preisänderungen vorbehalten

Romane
Unterhaltung
Tatsachenberichte

Aldridge, Alan (Hrsg.)
The Beatles Songbook.
Mit vielen farbigen Abbildungen
und vollständigen Songtexten.
Im Großformat 21 x 28 cm.
(10197) DM 19,80

Aldridge, James
Der wunderbare Mongole.
Roman. (3941) DM 4,80

Barbier, Elisabeth
Verschlossenes Paradies.
Roman. (6308) DM 6,80

Die Mogador-Saga. Bd. I
Bezaubernde Julia.
Roman. (3655) DM 6,80
Die Mogador-Saga. Bd. II.
Leid und Liebe für Julia.
Roman. (3667) DM 5,80
Die Mogador-Saga. Bd. III.
Ludivine und Frédéric.
Roman. (3697) DM 6,80
Die Mogador-Saga. Band IV.
Schicksalsjahre für Ludivine.
Roman. (3708) DM 5,80
Die Mogador-Saga. Band V.
Junge Herrin Dominique.
Roman. (3724) DM 5,80
Die Mogador-Saga. Bd. VI.
Bittersüße Liebe für Dominique.
Roman. (3753) DM 5,80
Mein Vater, der Held.
Roman. (3945) DM 5,80
Weder Tag noch Stunde.
Roman. (3943) DM 6,80

Baumann, Bodo
Bitte recht amtlich.
Satiren aus Deutschland.
(3941) DM 4,80

Beaty, David
Flucht aus Kajandi.
Roman. (6302) DM 6,80
Zone des Schweigens.
Roman. (3852) DM 5,80
Gesetz der Serie.
Roman. (3448) DM 5,—
Um Haaresbreite.
Roman. (3460) DM 6,80
Testflug.
Roman. (3644) DM 6,80
Der letzte Flug.
Roman. (3764) DM 6,80
Sirenengesang.
Roman. (3712) DM 5,80

Bergfeld, Thorsten
Nachmittagssonne
Roman. (6352) DM 6,80

Bergius, C.C.
Söhne des Ikarus.
Die abenteuerlichsten Flieger-
geschichten der Welt.
(3989) DM 6,80
Heißer Sand.
Roman. (3963) DM 5,80
Schakale Gottes.
Roman. (3863) DM 5,80
Der Tag des Zorns.
Roman. (3519) DM 5,80
Das weiße Krokodil.
Roman. (3502) DM 3,80
Entscheidung auf Mallorca.
Roman. (3672) DM 5,80
Dschingis Chan.
Roman. (3664) DM 7,80
Der Fälscher.
Roman. (3751) DM 5,80

Bergner, Elisabeth
Bewundert viel und viel
gescholten.
Unordentliche Erinnerungen.
(3980) DM 8,80

Berthold, Will
Revolution im weißen Kittel.
Hoffnungen und Siege der
modernen Medizin.
(3977) DM 7,80
Etappe Paris.
Roman. (3903) DM 5,80
Fünf vor zwölf — und kein
Erbarmen.
Roman. (3702) DM 5,80
Brigade Dirlewanger.
Roman. (3518) DM 5,80
Feldpostnummer unbekannt.
Roman. (3539) DM 5,80
Prinz-Albrecht-Straße.
Roman. (3673) DM 6,80
Vom Himmel zur Hölle.
Roman nach Tatsachen.
(3842) DM 5,80
Auf dem Rücken des Tigers.
Roman. (3832) DM 5,80

Beth, Gunther
Meine Mutter tut das nicht.
Roman. (3915) DM 5,80

Bieler, Manfred
Der Kanal.
Roman. (3998) DM 9,80

Binding, Rudolf G.
Reitvorschrift für eine Geliebte.
Mit Federzeichnungen von
Wilhelm M. Busch.
(3507) DM 3,80

**Blaumeiser, Josef/
Nittner, Tomas**
Die Wüste bebt.
Absolut keine
Legenden über Arabien.
(6951) DM 7,80

Blickensdörfer, Hans
Der Schacht.
Roman. (3650) DM 6,80

Blobel, Brigitte
Der Mandelbaum.
(6358) DM 5,80
Ehepaare.
Roman. (6359) DM 5,80
Das Osterbuch.
(3847) DM 5,80
Alsterblick.
Roman. (3917) DM 5,80
Jasminas Sohn.
Roman. (6357) DM 5,80

Brent, Madeleine
Cadi.
Roman. (3851) DM 6,80

Bromfield, Louis
Nacht in Bombay.
Roman. (3723) DM 7,80
Kenny.
Roman. (3392) DM 3,80
Früher Herbst.
Roman. (3661) DM 5,80

Buchheim, Lothar-Günther
Tage und Nächte steigen aus dem Strom. Eine Donaufahrt.
(6343) DM 6,80

Buck, Pearl S.
Frau im Zorn.
Roman. (3999) DM 6,80
Wer Wind sät...
Roman. (3960) DM 5,80
Die Liebenden. Erzählungen.
(3991) DM 6,80
Ruf des Lebens.
Roman. (3912) DM 5,80
Und fänden die Liebe nicht.
Roman. (3850) DM 5,80

Geheimnisse des Herzens.
Erzählungen. (3874) DM 6,80
Über allem die Liebe.
Roman. (773) DM 4,80
Die gute Erde.
Roman. (3654) DM 5,80
Das Mädchen Orchidee.
Roman. (3504) DM 6,80
Die Wandlung des jungen Ko-sen.
Roman. (3534) DM 4,80
Der Weg ins Licht.
Roman. (3944) DM 5,80

Burgess, Alan
Sieben Mann im Morgengrauen.
Das Attentat auf Heydrich.
(6329) DM 6,80

Busch, Fritz Otto
Das Geheimnis der »Bismarck«.
Kampf und Untergang des berühmten deutschen Schlachtschiffes.
(3523) DM 5,80

Buschow, Rosemarie
Der Prinz und ich.
Eine wahre Geschichte aus dem Lande der Ölscheichs.
Ein BUNTE-Buch.
(3957) DM 6,80 DE

Byhan, Inge
In 30 Sekunden Crash.
Die ungewöhnlichsten Flugzeugkatastrophen nach Berichten von Augenzeugen. Ein BUNTE-Buch.
(3952) DM 5,80

Caldwell, Erskine
In Gottes sicherer Hand.
Roman. (3910) DM 5,80

Caldwell, Taylor
Gesellschaft im Blizzard.
Roman. (3660) DM 3,80

Canning, Victor
Das brennende Auge.
Roman. (3859) DM 5,80

Colpet, Max
Es fing so harmlos an.
Roman. (3914) DM 5,80

Constantine, Eddie
Der Favorit.
Roman. (6321) DM 5,80
Roman. (6360) DM 7,80

Cordes, Alexandra
Dunkle Nacht, heller Tag.
Roman. (6307) DM 5,80
Sehnsucht ist mehr als ein Traum.
Roman. (6336) DM 5,80
Gefährliche Liebe.
Roman. (3969) DM 6,80
Das Lied von Liebe und Tod.
Roman. (3898) DM 5,80
Haus der Träume.
Roman. (3703) DM 5,80
Wilde Freunde.
Die Abenteuer des Rick Hardt.
(3524) DM 4,80
Die Buschärztin.
Roman. (3645) DM 5,80
Das Kind des anderen.
Roman. (3830) DM 5,80
Ich will mir dir allein sein.
Roman. (3908) DM 5,80
Saat der Sünde.
Roman. (3936) DM 5,80
Der Engel mit den schwarzen Flügeln.
Roman. (3868) DM 5,80

Courtney, Caroline
Olivia. Triumph der Liebe.
Roman. (6361) DM 4,80
Lucinda. Geheimnisvolle Liebe.
Roman. (3965) DM 4,80
Davinia. Königsweg der Liebe.
Roman. (3994) DM 4,80

Cussler, Clive
Eisberg.
Roman. (3513) DM 6,80
Der Todesflieger.
Roman. (3657) DM 5,80
Hebt die Titanic.
Roman. (3976) DM 7,80

Czuday, Axel
Allein in der Arktis.
(3896) DM 8,80

Deeping, Warwick
Hauptmann Sorrell und sein Sohn.
Roman. (3668) DM 7,80

Deighton, Len
Unternehmen Adler.
Tatsachenbericht.
(3979) DM 7,80

Große Reihe

Preisänderungen vorbehalten

Denk, Liselotte
Auf der Suche nach morgen.
6360 (DM 7,80)

Dietrich, Marlene
Nehmt nur mein Leben...
(6327) DM 7,80

Drewitz, Ingeborg
Gestern war Heute.
Roman. (3934) DM 9,80
Das Hochhaus.
Roman. (3825) DM 6,80

Dronsart, Claude / Nédélec, Hervé
Saint Tropez, ich liebe dich.
Reportagen und Bilder.
(6364) DM 6,80

Dumas d.Ä., Alexandre
Die drei Musketiere.
Roman. (404) DM 8,80
Der Graf von Monte Christo.
Roman. (815) DM 7,80
Das Halsband der Königin.
Roman. (3404) DM 7,80

Dumas d.J., Alexandre
Die Kameliendame.
Roman. (3389) DM 4,80

Endrikat, Fred
Das große Endrikat-Buch.
(3720) DM 5,80

Engelmann, Bernt
Eingang nur für Herrschaften.
Karrieren über die Hintertreppe.
(3699) DM 5,80

English, Harold
In letzter Minute.
Roman. (6311) DM 7,80

Erler, Rainer
Die letzten Ferien.
Roman. (6310) DM 5,80
Die Delegation.
Roman. (3701) DM 5,80
Fleisch.
Roman. (3727) DM 6,80
Das Blaue Palais.
Romane nach der gleichnamigen Fernsehserie:
Das Genie.
(3743) DM 4,80
Der Verräter.
(3757) DM 4,80
Das Medium.
(3767) DM 4,80
Unsterblichkeit.
(3858) DM 5,80
Der Gigant.
(3909) DM 5,80

Fabel, Renate
Wo die Liebe hinfällt.
Roman. (3916) DM 5,80

Fechner, Eberhard / Kempowski, Walter
Tadellöser & Wolff / Ein Kapitel für sich.
Materialien zu ZDF-Fernsehsendungen.
(3902) DM 6,80

Felinau, Josef Pelz von
Titanic.
Der berühmte Roman um die größte Schiffskatastrophe der Welt.
(3600) DM 6,80

Ferber, Edna
Saratoga.
Roman. (6328) DM 6,80
Giganten.
Roman. (3648) DM 7,80
Show Boat.
Roman. (3716) DM 6,80

Fernau, Joachim
Fernau siehe unten

Ferolli, Beatrice
Sommerinsel.
Roman. (3838) DM 6,80

Fischer, Marie Louise
Mutterliebe.
Roman. (4000) DM 5,80 (Mai 1981)
Ein ergreifender Roman der beliebten Autorin Marie Louise Fischer.
Sie beschreibt das Urbild einer sich aufopfernden Frau und Mutter, der die Familie über alles geht.
Die Frauen vom Schloß.
Roman. (3970) DM 7,80
Aus Liebe schuldig.
Roman. (3990) DM 5,80
Tödliche Hände.
Roman. (3856) DM 5,80
Das Dragonerhaus.
Roman. (3869) DM 6,80
Der Schatten des anderen.
Roman. (3715) DM 5,80
Mit einer weißen Nelke.
Roman. (3508) DM 5,80
Süßes Leben, bitteres Leben.
Roman. (3642) DM 4,80
Des Herzens unstillbare Sehnsucht.
Roman. (3669) DM 4,80
Schwester Daniela.
Roman. (3829) DM 5,80
Diese heiß ersehnten Jahre.
Roman. (3826) DM 6,80
Die Rivalin.
Roman. (3706) DM 7,80

Joachim Fernau

Die Gretchenfrage.
Variationen über ein Thema von Goethe.
(6306) DM 5,80 (Juni 1981)

Joachim Fernau, eleganter Erzähler mit Esprit, der Philosoph unter den Sachbuchautoren, mit heiter-gelassenen Causerien über die Gretchenfrage: "Wie hältst du's mit der Religion?" Eine Variation in sieben Sätzen.
Fernau - von Millionen gelesen, von Millionen geliebt.

Rosen für Apoll.
Die Geschichte der Griechen
(3679) DM 5,80

Disteln für Hagen
Eine Bestandsaufnahme der deutschen Seele
(3680) DM 5,80

Deutschland, Deutschland über alles ...
Von Anfang bis Ende
(3681) DM 6,80

Die Genies der Deutschen
(3828) DM 6,80

Caesar läßt grüßen
Die Geschichte der Römer
(3831) DM 6,80

Halleluja
Die Geschichte der USA
(3849) DM 6,80

Und sie schämeten sich nicht
Ein Zweitausendjahr-Bericht
(3867) DM 5,80

François
Wenn die Russen angreifen...
Mit einem Vorwort von Paul Carell.
(6324) DM 6,80

Freeman-Solomon, Ruth
Mit dem Herzen einer Wölfin.
Roman. (2946) DM 6,80
Der Falke und die Taube.
Roman. (3756) DM 7,80

Frick, Hans
Dannys Traum.
Roman. (3527) DM 6,80

Gast, Lise
Die Sache, die man Liebe nennt.
Menschen, Pferde und ein Roman.
(6345) DM 5,80
Die Schenke zur ewigen Liebe.
Roman. (3978) DM 6,80
Bittersüß wie Schlehenduft.
Roman. (3827) DM 5,80
Junge Mutter Randi.
Roman. (3710) DM 4,80
Das Familienkind.
Roman. (3458) DM 4,80
Geliebter Sohn.
Roman. (3393) DM 3,80
Das Haus der offenen Türen.
Roman. (3368) DM 4,80
Hochzeit machen, das ist wunderschön.
Roman. (3414) DM 3,80
In Liebe Randi.
Roman. (3488) DM 3,80
Das Leben findet heute statt.
Roman. (3427) DM 4,80
Männer sind Gänseblümchen.
Roman. (3387) DM 3,80
Morgen oder übermorgen.
Roman. (3442) DM 4,80
Randi und das halbe Dutzend.
Roman. (3474) DM 4,80
Die Reise nach Ascona.
Roman. (3375) DM 4,80

Geller, Uri
Auf Biegen und Brechen.
(3995) DM 5,80

Golon, Anne
Angélique und die Verschwörung.
Roman. (3883) DM 6,80

Grumbach-Palme, Joseph M.
Erben gesucht.
Wem gehört das Geld?
(3968) DM 5,80

Habeler, Peter
Keine Angst vor Bergen!
(3959) DM 8,80
Der einsame Sieg.
Mount Everest '78.
(3740) DM 8,80

Hackett, General Sir John
Der Dritte Weltkrieg.
Roman. (3865) DM 7,80

Hampel, Bruno
13 Rosen für die Erbin.
Roman. (3918) DM 5,80

Hardeck, Marianne
Die Ehe der Vera S.
Roman. (6350) DM 6,80

Hassencamp, Oliver
Klipp und klar.
Gute und böse Gedanken.
(3911) DM 4,80

Heesters, Johannes
Es kommt auf die Sekunde an.
Erinnerungen.
(3879) DM 7,80

Heinrich, Willi
Schmetterlinge weinen nicht.
Roman. (3647) DM 6,80
Steiner I.
Das geduldige Fleisch.
Roman. (3755) DM 6,80
Steiner II. Das Eiserne Kreuz.
Siehe Warden, Robert.

Heinz, W.C.
Der Chirurg.
Roman. (3526) DM 5,80

Hocken, Sheila
Emma und ich. Die erstaunlichen Erlebnisse einer jungen blinden Frau mit ihrer klugen Hündin.
(3984) DM 6,80

Hoffenberg, Jack
Die Gunst des Schicksals.
Roman. (3985) DM 9,80

Horbach, Michael
Bevor die Nacht begann.
Roman. (6305) DM 6,80
Die schuldlos sühnen.
Roman. (6349) DM 6,80

Horster, Hans-Ulrich
Verschattete Heimkehr.
Roman. (6313) DM 7,80
Verlorene Träume.
Roman. (3967) DM 6,80
Herz ohne Gnade.
Roman. (3861) DM 6,80
Der rote Rausch.
Roman. (3872) DM 6,80
Ein Student ging vorbei.
Roman. (3735) DM 6,80
Wie ein Sturmwind.
Roman. (3881) DM 7,80
Suchkind 312.
Roman. (3737) DM 6,80
Eheinstitut Aurora.
Roman. (3738) DM 6,80
Die Toteninsel.
Roman. (3754) DM 6,80
Ein Augenblick der Ewigkeit.
Roman. (3821) DM 6,80
Karussell der Liebe.
Roman. (3761) DM 6,80

Houston, James
Wie Füchse aus den Wäldern.
Roman. (6331) DM 7,80

Hugo, Victor
Der Glöckner von Notre-Dame.
Roman. (3953) DM 7,80

Huna, Ludwig
Das Mädchen von Nettuno.
Roman. Die »Borgia«-Trilogie III.
(3505) DM 7,80

Jarman, Rosemary H.
Die heimliche Krone.
Katharina von Valois auf dem englischen Thron.
Roman. (6319) DM 7,80

Jersild, P.C.
Die Insel der Kinder.
Roman. (6309) DM 7,80

Johann, A.E.
Sohn der Sterne und Ströme.
Roman. (3515)
DM 6,80

Kempowski, Walter
Tadellöser & Wolff.
Roman. (3892) DM 9,80
Aus großer Zeit.
Roman. (3933) DM 9,80

Kempowski, Walter / Fechner, Eberhard
Tadellöser & Wolff/Ein Kapitel für sich.
Materialien zu ZDF-Fernsehsendungen.
(3902) DM 6,80

Kernmayr, Hans Gustl
Unternehmen Edelweiß.
Roman. (3725) DM 3,80
Erzherzog Johanns große Liebe.
Roman. (3521) DM 4,80

Kirst, Hans Hellmut
Glück läßt sich nicht kaufen.
Roman. (3711) DM 5,80
Die Nacht der Generale.
Roman. (3538) DM 5,80
08/15 heute.
Der Roman der Bundeswehr.
(1345) DM 5,80
08/15 in der Kaserne.
Roman. Teil 1 der »08/15«-Trilogie.
(3497) DM 5,80
08/15 im Krieg.
Roman. Teil 2 der »08/15«-Trilogie.
(3498) DM 6,80
08/15 bis zum Ende.
Roman. Teil 3 der »08/15«-Trilogie.
(3499) DM 5,80
Keiner kommt davon.
Roman. (3763) DM 6,80
Generalsaffären.
Roman. (3906) DM 6,80

Knebel, Fletcher
Dollarfiesta.
Roman.
(3731) DM 6,80

Knef, Hildegard
Tournee, Tournee.
Die Schauspielerin, der Filmstar, die Autorin, der Showstar.
(10200) DM 9,80
Das Urteil.
(3520) DM 8,80
Nichts als Neugier.
Interviews zu Fragen der Parapsychologie.
(3690) DM 8,80

Kolnberger, Evelyn
Der Wunsch.
Roman. (6353) DM 6,80

Lawrence, Margery
Die Madonna der sieben Monde.
Roman. (6338) DM 7,80

Leigh, Wendy
Was macht einen Mann gut im Bett?
(3854) DM 5,80
Was macht eine Frau gut im Bett?
(3742) DM 5,80

Große Reihe

Preisänderungen vorbehalten

Lentz, Mischa
Isabel.
Die Geschichte eines Sommers.
(6351) DM 5,80

Es ist schon sieben und nicht hier...
Roman. (6337) DM 5,80

Leonhardt, Rudolf Walter (Hrsg.)
Lieder aus dem Krieg.
(3683) DM 6,80

Liewellyn, Richard
Der Judastag.
Roman. (3870) DM 7,80

Lundholm, Anja
Zerreißprobe.
Roman. (3877) DM 5,80

MacLean, Alistair
Rendezvous mit dem Tod.
Roman. (2655) DM 6,80
Das Mörderschiff.
Roman. (2880) DM 5,80

Mally, Anita
Premiere.
Roman. (6354) DM 5,80

Markus
Geschichte, die das Leben schrieb.
Ein stern-Buch.
(6952) DM 7,80

Martin, Hansjörg
Herzschlag.
Roman. (3951) DM 6,80

Maupassant, Guy de
Bel Ami.
Roman. (3411) DM 6,80

McKenna, Richard
Das Kanonenboot vom Yangtse-Kiang.
Roman. (3532) DM 6,80

Meissner, Hans-Otto
Im Zauber des Nordlichts.
Reisen und Abenteuer am Polarkreis.
(6347) DM 8,80
Der Stern von Kalifornien.
Reisen und Abenteuer im Südwesten der USA.
(3974) DM 8,80
Alatna.
Roman. (3857) DM 6,80
Versprechen im Schnee.
Roman. (3719) DM 5,80
Im Eismeer verschollen.
Roman. (2923) DM 4,—
Wildes rauhes Land.
Reisen und Jagen im Norden Kanadas.
(3760) DM 7,80
Gemsen vor meiner Tür.
Jagdgeschichten.
(3956) DM 7,80

Merkel, Max
Geheuert — Gefeiert — Gefeuert.
Die bemerke(l)nswerten Erlebnisse eines Fußballtrainers.
(3948) DM 6,80

Metternich, Tatiana
Bericht eines ungewöhnlichen Lebens.
(3922) DM 8,80

Moore, Robin
Das chinesische Ultimatum.
Roman. (3535) DM 5,80
Big Money.
Roman. (3675) DM 5,80

Moore, Robin / Dempsey, Ai
Die Rom-Verschwörung.
Agententhriller.
(3973) DM 5,80
Die roten Falken.
Roman. (3659) DM 5,80
Die London-Falle.
Agententhriller.
(3946) DM 5,80 DE

Moore, Robin / Fuca, Barbara
Ein Leben für die Hölle.
Roman. (3717) DM 4,80

Müller, André
Entblößungen.
Ausgefallene, interessante, literarische Interviews.
(3887) DM 7,80

Munshower, Suzanne
John Travolta.
Disco-Star.
(3835) DM 5,80

Nelken, Dinah
Von ganzem Herzen.
Roman. (6301) DM 6,80

Och, Armin
Zürich
Paradeplatz.
Roman.
(6312) DM 6,80

Otta, Stephan
Nur ein Seitensprung.
Roman. (3919) DM 5,80

Pahlen, Henry
Der Gefangene der Wüste.
Roman. (2545) DM 6,80
In den Klauen des Löwen.
Roman. (2581) DM 5,80
Liebe auf dem Pulverfaß.
Roman. (3402) DM 4,80
Schlüsselspiele für drei Paare.
Roman. (3367) DM 6,—
Schwarzer Nerz auf zarter Haut.
Roman. (2624) DM 5,80

Pahlen, Kurt (Hrsg.)
Mein Engel, mein Alles, mein Ich.
294 Liebesbriefe berühmter Musiker
(6320) DM 7,80

Pepin F.
Magic 17.
Erotische Begegnungen.
(3855) DM 5,80

Konsalik

Das Haus der verlorenen Herzen.
Roman. (6315) DM 6,80
Eine glückliche Ehe.
Roman. (3935) DM 6,80
Das Geheimnis der sieben Palmen.
Roman. (3981) DM 6,80
Verliebte Abenteuer.
Heiterer Liebesroman.
(3925) DM 5,80
Auch das Paradies wirft Schatten.
Die Masken der Liebe.
Zwei Romane.
(3873) DM 5,80
Der Fluch der grünen Steine.
Roman.
(3721) DM 5,80
Schicksal aus zweiter Hand.
Roman. (3714) DM 6,80
Die tödliche Heirat.
Kriminalroman.
(3665) DM 5,80
Manöver im Herbst.
Roman. (3653) DM 6,80
Ich gestehe.
Roman.
(3536) DM 5,80
Morgen ist ein neuer Tag.
Roman.
(3517) DM 5,80
Das Schloß der blauen Vögel.
Roman. (3511) DM 6,80
Die schöne Ärztin.
Roman.
(3503) DM 6,80
Das Lied der schwarzen Berge.
Roman. (2889) DM 5,80
Ein Mensch wie du.
Roman. (2688) DM 5,80
Die schweigenden Kanäle.
Roman. (2579) DM 5,80
Stalingrad.
Bilder vom Untergang der 6. Armee.
(3698) DM 7,80

Percha, Igor von
Charlotta. Gräfin von Potsdam.
Roman. (3466) DM 6.—
Christina Maria und die
Petersburger Nächte.
Roman. (3440) DM 4.80
Im Auftrag der Königin.
Roman. (3670) DM 4.80

Perrin, Elula
Nur Frauen können Frauen lieben.
Roman. (3926) DM 5.80

Marcel Pagnol
Der Dichter der Provence

Marius — Fanny — César.
Szenen aus Marseille.
(3972) DM 7.80
Marcel.
Eine Kindheit in der Provence.
(3750) DM 5.80
Marcel und Isabelle.
Die Zeit der Geheimnisse.
(3759) DM 5.80
Die Zeit der Liebe.
Kindheitserinnerungen.
(3878) DM 6.80
Die Wasser der Hügel.
Roman. (3766) DM 6.80
Die eiserne Maske.
Der Sonnenkönig und das
Geheimnis des großen Unbek.
(3862) DM 6.80

Piechota, Ulrike
Traumkonzert
Roman. (6355) DM 5.80

Plievier, Theodor
Stalingrad.
Roman. (3643) DM 6.80

Poe, Edgar Allan
Der Doppelmord in der Rue
Morgue (523) DM 4.80
Der Untergang des Hauses Usher.
Erzählungen. (3410) DM 4.80

Poyer, Joe
Der Milliarden-Terror.
Polit-Thriller.
(3992) DM 6.80

Preute, Michael und Gabriele
Deutschlands Kriminalfall Nr. 1
Vera Brühne — ein Justizirrtum?
(3891) DM 5,80

Preute, Michael / Guldner, Renate
Elvis Presley. The King.
Mit 28 Illustrationen sowie vollst
Disco- und Filmographie.
(3597) DM 4,80

Raab, Fritz
Das Denkmal.
Roman. (6517) DM 7,80

Rampa, Lobsang
Das dritte Auge.
Ein tibetanischer Lama erzählt
sein Leben.
(3744) DM 6,80

Rand, Ayn
Der ewige Quell.
Roman. (3700) DM 9,80

Rattay, Arno / Chiczewski, Andrzej
Narben.
Wege zur Versöhnung
zwischen Deutschen und Polen.
(6365) DM 7,80

Rezzori, Gregor von
Die Toten auf ihre Plätze!
Ein Filmtagebuch.
(3541) DM 5,80

Rosendorfer, Herbert
Stephanie und das vorige Leben.
Roman. (3823) DM 5,80

Rothenberger, Anneliese
Melodie meines Lebens.
Ein Weltstar erzählt.
(2990) DM 4,80

Ruark, Robert
Die schwarze Haut.
Roman. (6304) DM 8,80
Nie mehr arm. Roman.
1. Teil: (6333) DM 6,80
2. Teil: (6334) DM 6,80

Schaake, Ursula
Zwölf Tage im August.
Roman. (3666) DM 4,80

Schönthan, Gaby von
So nah der Liebe.
Roman. (3890) DM 5,80

Schrobsdorff, Angelika
Die kurze Stunde zwischen
Tag und Nacht.
Roman. (3964) DM 9,80
Der Geliebte.
Roman. (3525) DM 6,80
Die Herren.
Roman. (3471) DM 7,80

Schulberg, Budd
Der Entzauberte.
Roman. (3986) DM 7,80
Die Faust im Nacken.
Roman. (3762) DM 6,80

Sebastian, Peter
Schwester Carola.
Roman. (6322) DM 6,80

Stop, Dr. von Menassel
Arztroman. (6346) DM 5,80
Als die letzte Maske fiel.
Arztroman.
(3993) DM 5,80
Der Chefarzt.
Roman. (3662) DM 4,80
Kaserne Krankenhaus.
Roman. (3822) DM 4,80

Segal, Erich
Oliver's Story.
Roman. (3709) DM 4,80

Seymour, Gerald
Der Ruf des Eisvogels.
Roman. (3930) DM 6,80

Sheldon, Sydney
Ein Fremder im Spiegel.
Roman. (6314) DM 6,80
Jenseits von Mitternacht.
Roman. (6325) DM 7,80
Blutspur.
Roman. (6342) DM 6,80

Sing mit Fischer.
Die schönsten Lieder der
Fischer-Chöre.
(3942) DM 6,80

Sinn, Dieter
Rom zu meinen Füßen.
Cesare Borgia. Ein Roman der Macht.
(6340) DM 7,80

Slaughter, Frank G.
Intensivstation.
Roman. (3506) DM 6,80

Sommer, Siegfried
Meine 99 Bräute.
Roman. (3871) DM 5,80

Steffens, Günter
Die Annäherung an das Glück.
Roman. (3988) DM 9,80

Steinbeck, John
Die wunderlichen Schelme von
Tortilla Flat.
Roman. (3923) DM 5,80
Wonniger Donnerstag.
Roman. (3931) DM 6,80

Stevens, Robert Tyler
Sommer in Livadia
Roman. (6339)

Stromberger, Robert (Hrsg.)
Tod eines Schülers.
Wer ist schuld am Selbstmord von
Claus Wagner?
(3950) DM 7,80

Tessin, Brigitte von
Der Bastard.
Roman. (3932) DM 9,80

Stone, Irving
Die Träume leben.
Die Karriere des Heizers D.
Roman. (6326) DM 6,80

Tetsche
Neues aus Kalau.
Ein stern-Buch.
(6953) DM 9,80

Tolstoi, Leo N.
Krieg und Frieden.
Roman. (430) DM 9,80

Troll, Thaddäus
Herrliche Aussichten.
Satirische Feststellungen.
(3734) DM 3,80

Troy, Una
Der Brückenheilige.
Roman. (3676) DM 5,80
Sommer der Versuchung.
Roman. (3380) DM 5,80

Trudeau, Margaret
Ich pfeif' auf die Vernunft.
Erinnerungen.
(3864) DM 7,80

Große Reihe

Preisänderungen vorbehalten

Vialar, Paul
Madame de Viborne.
Roman. (3704) DM 9,80

Wagner, F.J.
Das Ding.
Roman. (3921) DM 6,80

Walker, Margaret
Die Sklavin.
Roman. (3568) DM 6,80

Wallace, Lewis
Ben Hur.
Roman. (645) DM 5,80

Warden, Robert
Steiner II. Das Eiserne Kreuz.
Roman nach Motiven von
Willi Heinrich.
(3884) DM 6,80

Wiseman, Thomas
Der Tag vor Sonnenaufgang.
Roman. (6330) DM 7,80

Woodiwiss, Kathleen E.
Wohin der Sturm uns trägt.
Roman. (6341) DM 7,80
Shana.
Roman. (3939) DM 8,80

Zola, Emile
Nana.
Roman. (3996) DM 8,80

Zwerenz, Gerhard
Der chinesische Hund.
Roman. (6323) DM 5,80
Salut für einen alten Poeten.
(3937) DM 5,80
Die 25. Stunde der Liebe.
Roman. (3971) DM 5,80
Schöne Geschichten.
Erotische Streifzüge.
(3987) DM 5,80

Die Quadriga des Mischa Wolf.
Roman. (3652) DM 6,80
Die schrecklichen Folgen der Legende, ein Liebhaber gewesen zu sein.
Erotische Geschichten.
(3674) DM 4,80
Die Ehe der Maria Braun.
Roman nach dem gleichnamigen
Film von Rainer Werner Fassbinder.
(3841) DM 5,80
Wozu das ganze Theater?
Roman. (3824) DM 6,80
Eine Liebe in Schweden.
Roman. (3907) DM 5,80
Ungezogene Geschichten.
(3928) DM 5,80

Heitere Romane und Humor

Böttcher, Maximilian
Krach im Hinterhaus.
Roman. (6348) DM 6,80

Gallico, Paul
Kleine Mouche — Pepino — Die
Schneeganz. Erzählungen.
(902) DM 3,80

Geißler, Horst Wolfram
Die Glasharmonika.
Roman. (2717) DM 4,80
Der unheilige Florian.
Roman. (1712) DM 4,80
Das Lied vom Wind.
Roman. (3641) DM 5,80

**Gilbreth, Frank B. /
Gilbreth Carey, Ernestine**
Im Dutzend billiger.
Roman. (3929) DM 4,80

Heimeran, Ernst (Hrsg.)
Unfreiwilliger Humor.
(3381) DM 4,80

Holm, Sven (Hrsg.)
Bettfreuden.
Dänische Liebesgeschichten.
Erste Folge. (3531) DM 4,80
Zweite Folge. (3649) DM 4,80
Dritte Folge. (3975) DM 4,80

Lembke, Robert
Die besten, die größten,
die schlimmsten,
Rekorde reihenweise.
(3836) DM 5,80
Robert Lembkes Witzauslese.
(3355) DM 3,80
Zynisches Wörterbuch.
Mit 20 Zeichnungen von
Franziska Bilek.
(3437) DM 3,80

Lohmeier, Georg
Geschichten für den Komödienstadel.
(3456) DM 4,—
Neue Geschichten
für den
Komödienstadel.
(3470) DM 4,—

Nicklisch, Hans
Familienalbum.
(6335) DM 5,80

Rösler, Jo Hanns
An meine Mutter...
(3467) DM 3,80
Kitty und Johannes.
Erzählungen.
(3537) DM 4,80
Lachen Sie mit Jo Hanns Rösler
(3484) DM 3,80
Wohin sind all die Jahre...
(3398) DM 4,80
Wohin sind all die Tage...
(3407) DM 4,80
Wohin sind all die Stunden...
(3421) DM 4,80

Scott, Mary
Übernachtung — Frühstück
ausgeschlossen.
Roman. (6316) DM 4,80
Fremde Gäste.
Roman. (3866) DM 4,80 DE
Das Jahr auf dem Lande.
Roman. (3882) DM 4,80 DE
Ja, Liebling.
Roman. (2740) DM 4,80
Geliebtes Landleben.
Roman. (3705) DM 4,80
Das waren schöne Zeiten.
Mary Scott erzählt aus ihrem
Leben.
Es ist ja so einfach.
Roman. (1904) DM 4,80
Es tut sich was im Paradies.
Roman. (730) DM 5,80
Flitterwochen.
Roman. (3482) DM 5,80
Fröhliche Ferien am Meer.
Roman. (3361) DM 4,80
Frühstück um Sechs.
Roman. (1310) DM 5,80
Hilfe, ich bin berühmt!
Roman. (3455) DM 4,80
Kopf hoch, Freddie!
Roman. (3390) DM 4,80
Macht nichts, Darling.
Roman. (2589) DM 4,80
Mittagessen Nebensache.
Roman. (1636) DM 4,80
Onkel ist der Beste.
Roman. (3373) DM 4,80
Tee und Toast.
Roman. (1718) DM 4,80
Truthahn um Zwölf.
Roman. (2452) DM 4,80
Und abends etwas Liebe.
Roman. (2377) DM 4,80
Verlieb dich nie in einen Tierarzt.
Roman. (3516) DM 4,80
Wann heiraten wir, Freddie?
Roman. (2421) DM 5,80
Zum Weißen Elefanten.
Roman. (2381) DM 5,80
Oh, diese Verwandtschaft.
Roman. (3663) DM 4,80
Zärtliche Wildnis.
Roman. (3677) DM 4,80
Das Teehaus im Grünen.
Roman. (3758) DM 4,80
Na endlich, Liebling.
Roman. (3913) DM 5,80

Scott, Mary / West, Joyce
Das Geheimnis der Mangroven-
Bucht.
Roman. (3354) DM 4,80
Lauter reizende Menschen.
Roman. (1465) DM 4,80
Das Rätsel der Hibiskus-Brosche.
Roman. (3492) DM 4,80
Tod auf der Koppel.
Roman. (3419) DM 4,80
Der Tote im Kofferraum.
Roman. (3369) DM 4,80

Seeliger, Ewald Gerhard
Peter Voß, der Millionendieb.
Roman. (1826) DM 4,80

Smith, Richard
Schlank durch Sex.
Mit Kalorienangaben.
(3741) DM 4,80 DE

Spoeri, Alexander
Matthäi am letzten.
Roman. (2968) DM 3,80
Unter der Schulbank geschrieben.
(2957) DM 3,80

Spoerl, Heinrich
Die Hochzeitsreise.
Roman. (2754) DM 3,80

Tibber, Robert
Auch sonntags Sprechstunde.
Roman. (3328) DM 3,80
Heirate keinen Arzt.
Roman. (1912) DM 3,80
Ob das wohl gut geht...
Roman. (2908) DM 3,80
Kleiner Kummer, großer Kummer.
Roman. (1950) DM 3,80
Die lieben Patienten.
Roman. (1996) DM 3,80

Troy, Una
Die Pforte zum Himmelreich.
Roman. (2643) DM 4,80
Maggie und ihr Doktor.
Roman. (2354) DM 4,80
Meine drei Ehemänner.
Roman. (2390) DM 5,80

Wodehouse, P.G.
Fünf vor zwölf, Jeeves!
Roman. (3962) DM 5,80
Stets zu Diensten.
Roman. (3860) DM 4,80
Das Mädchen in Blau.
Roman. (3718) DM 4,80
Die Feuerprobe und andere
Geschichten.
(2339) DM 4,80
Herr auf Schloß Blandings.
Geschichten. (3418) DM 3,80
Keine Ferien für Jeeves.
Roman. (3658) DM 3,80
Ohne Butler geht es nicht.
Roman. (3500) DM 3,80
Terry lebt verschwenderisch.
Roman. (3349) DM 4.—
Was tun, Jeeves?
Roman. (3947) DM 4,80
Der Junggesellen-Club.
Roman. (3924) DM 4,80

Wolfe, Winifried
Gefrühstückt wird zu Hause.
Roman. (1594) DM 4,80

Märchen und Sagen

Andersen, Hans Christian
Gesammelte Märchen.
(510) DM 5.—

Grimm, Brüder
Märchen der Brüder Grimm.
Nach der Ausgabe von 1857.
(412) DM 9,80

Mark, Herbert
Die schönsten Heldensagen der
Welt.
(3748) DM 9,80

Schwab, Gustav
Die schönsten Sagen des
klassischen Altertums.
(500) DM 5,80

TRANS ATLANTIK

zu lesen,
Monat für Monat, und keine
Ausgabe zu versäumen, kostet
weniger als hundert Mark
(genau DM 95,– inkl. Zustellung)
und ist eine gute Idee, die
ungewöhnlich leicht in die
Tat umzusetzen wäre

Postkarte genügt

TRANS ATLANTIK

Sternwartstraße 4
8000 München 80
Tel. 98 49 11